DIE SCHILDBÜRGER

DIE SCHILDBÜRGER

Nacherzählt von Dirk Walbrecker
Illustriert von Doris Eisenburger

gondolino

Wie es in Schilda zu großen Problemen kam

Man muss dieses Buch mit einer Warnung an die Leser beginnen: Wem das Schmunzeln Schmerzen bereitet oder wer zum Lachen extra in den Keller geht, der sollte diese Geschichte lieber nicht lesen. Denn entweder wird der Leser viele Schmerzensschreie ausstoßen oder die nächste Zeit häufig im Keller verbringen ...

Die Geschichte von Schilda und seinen Bürgern, den Schildbürgern, ist nämlich eine der verrücktesten, die je auf Erden stattgefunden hat. Und die Schildbürger waren und sind noch heute die merkwürdigsten Menschen, die auf unserer Erde leben.

Doch beginnen wir ausnahmsweise am Anfang und nicht am Ende:

Einstmals – und das ist schon viele Jahrhunderte her – war Schilda sozusagen der Mittelpunkt der Erde. Die Stadt war winzigklein, aber ihr Ruhm war riesengroß. Sie lag im Lande Utopia und war von hohen Gebirgen und tiefen Meeren umgeben. Doch mochten die Entfernungen auch noch so weit sein – niemand scheute den Weg nach Schilda!

Warum aber schickten die Häuptlinge aus Africa und Americanah, die Kaiser aus China, die Könige aus Britania und die Fürsten aus allen anderen Ecken der Welt ihre Boten in dieses Nest?

Ganz einfach!

In Schilda lebten die intelligentesten und weisesten Menschen

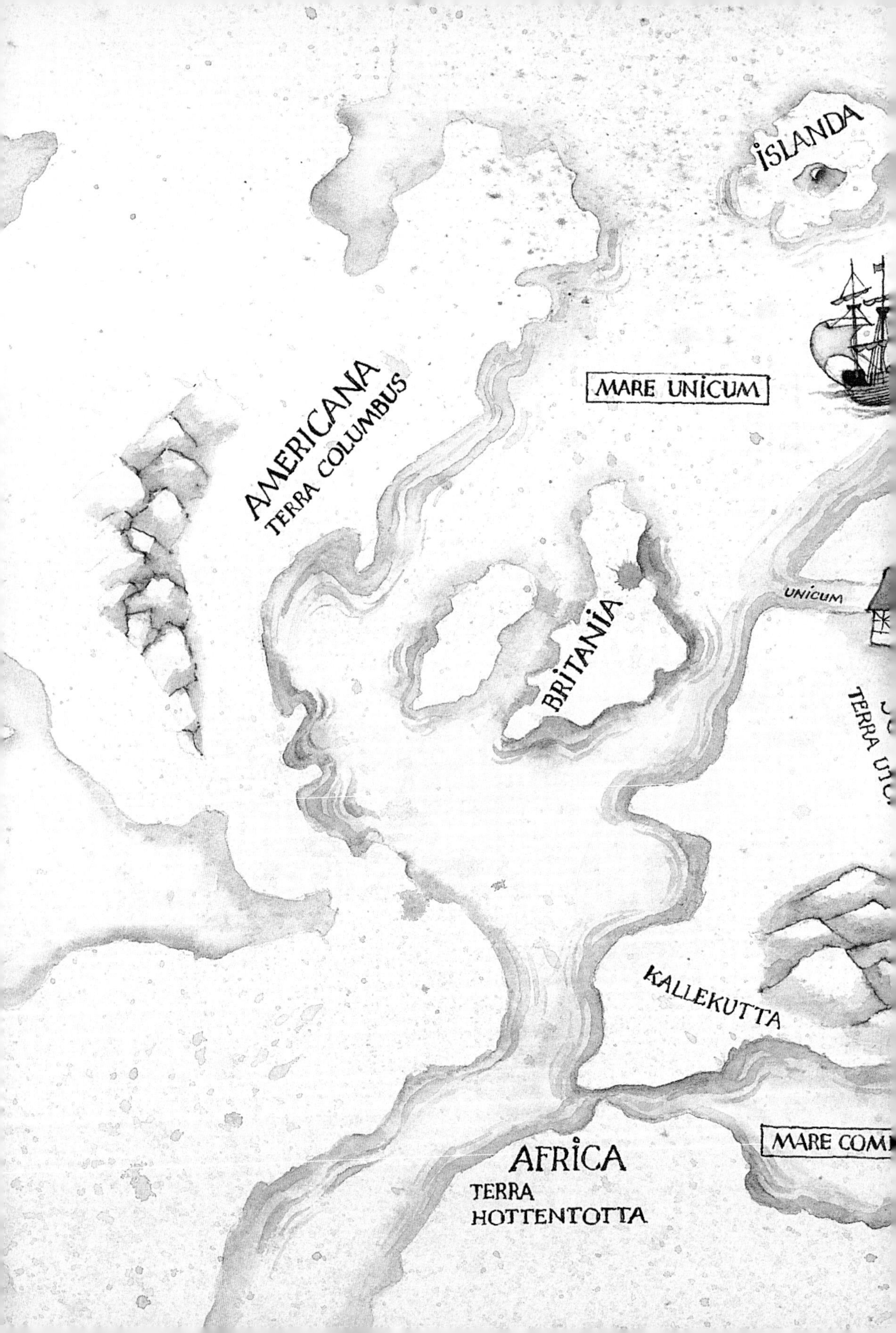
ISLANDA
MARE UNICUM
AMERICANA
TERRA COLUMBUS
UNICUM
BRITANIA
TERRA UTO
KALLEKUTTA
MARE COM
AFRICA
TERRA
HOTTENTOTTA

NORWEGA
TERRA BARBARUM
MARE UNICUM
CHINA
TERRA
ORIENT

der ganzen Welt. Und die Kunde von den außerordentlichen Fähigkeiten der Schildbürger war inzwischen bis zum entferntesten Mauseloch der Erde gedrungen.

Die Folge war: Kein Herrscher, der etwas auf sich hielt, wollte auf den Rat der Schildbürger verzichten! Und schließlich war es Mode geworden, dass jeder sich seinen Ratgeber aus Schilda fest am Hofe hielt.

Und dies wiederum hatte andere Folgen:

In dem einstmals so belebten Schilda ging es ziemlich seltsam zu!

Und damit sind wir auch schon mittendrin in der Katastrophe: Es fehlte in Schilda einfach an Männern! Und wo zu wenig Männer sind, da mangelt es auch an Kindern. Und an Abwechslung. Und an Muskelkraft. Und an Ärger. Und, und, und ...

Übrig geblieben waren fast nur Frauen.

Nicht, dass sie weniger einfallsreich und intelligent als das männliche Geschlecht waren. Nein, keineswegs! Aber in diesen fernen Zeiten schätzte man an den Höfen fast nur das Können der Männer. Und man unterschätzte all das, was die Frauen leisten konnten.

Und so soll es ja mancherorts auch heute noch zugehen ...

Die armen Frauen von Schilda also hatten mit ihrem Leben inzwischen die liebe Mühe und Not. Anfangs waren sie ja noch stolz gewesen auf den Ruhm ihrer allerorts begehrten Männer. Auch als einer nach dem anderen in die fernen Länder gerufen wurde, empfanden sie es nicht als Unglück. Im Gegenteil!

Die Schildbürgerinnen genossen es sogar. Endlich einmal waren sie unter sich. Endlich waren sie nicht der ständigen Krittelei ihrer ach so schlauen Männer ausgesetzt. Endlich einmal konnten sie ungestört schlafen. Kein trunkener Ehegatte raubte ihnen die Nachtruhe mit weinseligem Gelalle oder nervtötendem Geschnarche. Kein verkaterter Ehemann wollte am Morgen gepflegt und getätschelt werden …

So weit, so gut. Nur wird auch dem weiblichen Geschlecht irgendwann die Entsagung zur Qual. Und so manche Ehefrau hatte Sehnsucht nach ihrem geliebten Gemahl. Oder sie war es ganz einfach leid, alle Dreckarbeit zu machen, während sich der Herr Gatte und die anderen Herren der Schöpfung am Hofe bedienen und verwöhnen ließen. Einer hingegen war geblieben. Er liebte sein Schilda über alles. Und je verlassener und verfallener es wurde, umso wohler fühlte er sich dort. Tagaus, tagein war er mit seinen Malutensilien unterwegs um sich schöne Motive zu suchen. Selten sprach er, der den schönen Namen Liebwin trug, ein Wort. Und niemand wusste so recht, was in seinem Kopfe vorging.

Vielleicht genoss er es im Stillen, von lauter Frauen umgeben zu sein?

Früher einmal hatte nämlich Liebwin für einige Eifersucht gesorgt. So manche, auch längst vergebene Schildaerin hatte sich darum gerissen, ihm als Modell zu stehen. Und dabei soll es zu der einen oder anderen Zärtlichkeit gekommen sein. Heute hingegen war dem Künstler nicht nach Küssen und Kosen zu Mute. Stattdessen streichelte er mit seinen Farben die Leinwand und verewigte das schöne Schilda und seine schönen Bürger.

Und dann gab es noch ein männliches Wesen, das man besonders erwähnen sollte. Seine Künste wurden in der Fremde offenbar nicht so eingeschätzt, obwohl er meisterhaft war.

Es war Bernward, der Burgvogt.

Aus fast unerklärlichen Gründen war er ledig geblieben. Einsam und allein hauste er auf der Burg von Schilda. Sein Hobby war die Mäusezucht. Und hierin hatte er schon seit langem Erfolge, die eigentlich weltweite Beachtung verdient hätten. Doch niemand wollte von Bernward einen Rat. Und auch das mit den Mäusen wurde ein Problem.

Nicht mit den weißen. Diese putzigen Wesen waren allseits beliebt. Aber die grauen, die erst in der Nacht aus ihren Löchern kommen und die fast niemand zu Gesicht bekommt, die fraßen so manches, was nicht für ihre Gaumen gedacht war.

Wofür gibt es denn Katzen?, wird ein jeder fragen. Richtig, na klar: zum Mäuse fangen! Aber seltsamerweise mieden diese schlauen Tiere Schilda.

Lag es etwa an dem wehrhaften Bernward. Oder mögen Katzen nicht, wenn es an Männern fehlt?

Dieses und noch manches andere stand zur Diskussion, als sich eines Tages einige der wichtigsten Damen von Schilda zur Beratung unter der großen Linde vor dem Stadttor trafen.

Es war eines der bedeutsamsten Ereignisse in der Geschichte von Schilda – das sollte noch einmal besonders erwähnt werden.

Und selbstverständlich durfte nicht jeder der hier Anwesenden an dem Gespräch teilnehmen. Da lümmelten so einige Faulenzer, Nichtstuer und Lausbuben herum und ließen sich nicht vertreiben. Da hockte auch etwas abseits, traurig und mit ihrem Lieblingsgockel, Adelgunde, die alte Witwe. Ihr Gatte weilte nicht in der Fremde, sondern unter der Erde oder im Himmel. Aber auch das war natürlich ein Grund zu Trauer und Wehmut.

„Egal, wer sich hier absondert oder zuhört", flüsterte Mechthilde, die Schultheißen-Gattin, irgendwann hinter vorgehaltener Hand, „wir müssen zur Sache kommen und eine Lösung finden!"

Und Kunigunde, die Frau des Bäckers, Wiltrude, die Frau des Schweinehirten, Othilde, die Frau des Wirtes, und Friedelinde, die Schneiderin, widersprachen ihr nicht.

„Ich übernehme freiwillig den Vorsitz", sprach Othilde so entschlossen wie immer. „Ich schlage vor, dass zunächst jeder seine Sorgen und Nöte vortragen darf. Danach kommt es zur Aussprache, dann zur Abstimmung und anschließend schreiten wir zur Tat. Gibt es irgendwelche Einwände?"

Als sich niemand meldete, ließ die Wirtin Othilde einen abgrundtiefen Seufzer hören. „Es ist unsagbar beklagenswert, was uns armen Frauen widerfahren ist!", sagte sie. „Ich für meinen Teil sage: So geht es keinen Monat, keine Woche, keinen Tag weiter!"

„So ist es, liebe Hilde!", seufzte Mechthilde, die Schultheißin.

„Danke für dein Verständnis, Hildchen", antwortete Othilde mit einem neuerlichen Seufzer. „Ich will es einfach nicht einsehen: Mein Alter treibt sich irgendwo im Orient rum, lässt es sich wohl ergehen und ich mache die Dreckarbeit. Nein danke! So will ich nicht leben! Heute nicht, morgen nicht und übermorgen erst recht nicht!"

„Hilde, du hast mein volles Mitgefühl!", pflichtete ihr die Schultheißen-Gattin erneut bei. „Auch ich empfinde dieses Leben als eine Zumutung. Unser guter und von allen geachteter Schultheiß, mein geliebter Gatte Adalwin, weilt in Britania. Während er dort bei Hofe seine geschätzten Ratschläge gibt, geht es in unse-

rem Ort drüber und drunter. Auch wenn es manchmal unangenehm ist … aber wir brauchen jemand, der das Sagen hat. Mein Adalwin wusste mit so geschickter Hand die Geschicke von Schilda zu regeln. Er fand auch im eigenen Haus immer das richtige Wort zur richtigen Zeit. Ich gestehe frank und frei: Ich liebe und verehre meinen Adalwin. Und ich vermisse ihn so schmerzlich, wie ihn ganz Schilda vermisst!“

„Du rührst mich, liebes Hildchen!“, sagte die Schneiderin Friedelinde, die gerade erst von einem Nickerchen erwacht war. „Ausnahmsweise bin ich mal ganz deiner Meinung. Wie ihr wisst, konnte ich noch nicht im Hafen der Ehe anlegen. Aber ich mache kein Hehl daraus, dass mich meine täglichen und nächtlichen Träume immer wieder zu Bertwin, unserem geschätzten Baumeister, entführen. Er und die anderen Mannsbilder fehlen uns an allen Ecken und Enden. Es ist ungerecht, dass alle Welt von den Künsten unserer Männer Vorteil hat. Und wir darben und leiden hier. Das haben wir stolze Schildaerinnen nicht verdient.“

„Linda, ich stimme dir mit vollem Bauch ... äh ... vollem Herzen zu!“, mischte sich Kunigunde, die Bäckerin, ins Gespräch. „Dagomar, mein kleines Dickerchen, geht mir ab. Oft weine ich nächtens dicke Kullertränen, weil ich niemanden zum Kuscheln hab“, fügte sie mit Tränen in den Augen hinzu.

„Nun lass das Flennen, Kuni!“, sagte ungeduldig die Schultheißin. „Mach lieber einen Vorschlag, wie wir den Laden hier wieder zum Laufen kriegen!“

„Ich habe was zu sagen!“, krächzte Wiltrude, die Frau des Schweinehirten. „Es ist alles eine Riesenschweinerei, das schwör ich euch! Ich muss die ganze Sauarbeit allein machen. Außerdem ist mir stinklangweilig, weil ich nicht mehr mit meinem Säufried streiten kann. Kein Schwein fragt danach, wer die Ställe ausfegt und die Tröge füllt! Und mein Säufried ist auch noch so blöd und bringt jeder Sau die hohe Kunst der Schweinezucht bei. Am Schluss haben sie alle so viel Schwein, dass wir unsere Säue nicht mehr an die Frau und an den Mann bringen. Nein, das ist eine säuische Schweinerei!“

„Die wilde Trude hat ausnahmsweise mal Recht“, bemerkte die Schultheißin mit herablassendem Lächeln. „Man könnte das zwar alles feiner ausdrücken. Doch das hilft uns im Augenblick nicht weiter.“

„Sie ist eine Sau, die wilde Trude! Und sie bleibt eine Sau“, flüsterte Othilde Mechthilde ins Ohr.

„Pottsau!“, flüsterte Mechthilde zurück.

Die beiden klüngelten öfter zusammen und wenn sie nicht gerade zerstritten waren, so zogen sie über die anderen Frauen von Schilda her.

„Ich möchte noch etwas anmerken, liebe Geschlechtsgenossinnen“, sagte die Wirtin jetzt laut. „Wir sollten nicht vergessen, dass uns auch noch andere Männer abgehen!“

„Genau, Hilde!“, sagte Mechthilde, die Schultheißin. „Wer richtet uns kundig das Haar, wenn nicht Richbert, unser lieber Barbier?“

„Wer sorgt für unseren ungestörten Schlummer, wenn nicht Landfried, unser einmaliger Nachtwächter?“

„Und wer versorgt uns pünktlich wie kein anderer mit den neuesten Nachrichten aus aller Welt? Ottfried, unser Stadtbote und Ausrufer!“

„Und wer leiht uns Gottes Segen, wenn nicht unser guter Pfarrer Justinianus?“

„Und wer ist der größte Denker weit und breit? Unser weiser Alwis.“

„Und wer hilft uns bei der Feldarbeit?“

„Und beim Richten von Haus und Hof?“

„Und beim Streiten?“

„Die Männer!“ – „Die Männer!“ – „Die Männer!“

Und so debattierten und lamentierten die guten Frauen von Schilda noch lange, bis sie plötzlich eine Idee hatten: „Wir schicken all unseren Mannsbildern einen Brief! Wir teilen ihnen unsere Nöte mit und bitten sie um alsbaldige und sofortige Heimkehr.“ Es kam zur Abstimmung und bald waren gleich lautende Botschaften in alle Länder unterwegs:

ALLE SCHILDBÜRGER MÜSSEN UMGEHEND
NACH SCHILDA ZURÜCKKEHREN!

Wie die Schildbürger sich entschieden Narren zu werden

Man mag es glauben oder nicht: Die Männer von Schilda gehorchten!

Es währte gar nicht lange und sie kehrten – mit Ehren und Orden überschüttet – aus aller Herren und Frauen Länder heim.

Allen voran wurde der Schweinehirt Säufried aus China in seine Heimat zurückgetragen und von seiner Lieblingssau herzlich begrüßt.

Etwas weniger herzlich fiel die Begrüßung für Humbert, den Wirt von Schilda aus:

„Wehe, du fängst wieder zu schnarchen an!", rief ihm Othilde, seine Gattin, entgegen.

Doch Humbert überhörte die Warnung. Er schwelgte noch in Erinnerung an die leiblichen Köstlichkeiten, die ihm im fernen Orient kredenzt worden waren. Aus Africa kam der Pfarrer heim. Nirgendwo sonst hatte man den guten Justinianus bisher so befremdlich angeschaut. Und sonst nirgendwo hatte er sich so bemüht, den Menschen Gottes Lehre nahe zu bringen.

Insgeheim aber hatte er sich in der Fremde Sorge gemacht um seine Schäfchen aus Schilda: Wie würden sie den Ruhm, den sie in aller Welt genossen, verkraften? Würden sie auch nicht hochmütig werden und ihre Bescheidenheit verlernen?

Wie sich schon bald herausstellen sollte, waren die Sorgen des Pfarrers unnötig gewesen ...

Auch Adalwin, der Schultheiß, kehrte heim. Gerührt sah er sein Töchterchen mit einem Blumenstrauß am Wegesrand stehen und seine Frau Mechthilde heimlich eine Träne weinen. Und so fanden sie nacheinander alle zurück ... die Bürger von Schilda, die in der ganzen Welt so berühmt und begehrt und in ihrer Heimat so schmerzlich vermisst worden waren.

Doch wo stecken sie nun, die heiß geliebten Schildbürger?

Im Bett natürlich!

Die Herren der Schöpfung mussten sich erholen. Von den Strapazen der Reise. Von der heißen Begrüßung. Und von dem Entsetzen, das sie beim Anblick des einstmals so gepflegten Schilda befiel.

Und so hatte sich zunächst einmal nicht viel geändert.

Die gute Frau Schultheiß kümmerte sich um die Wäsche.

Bei Richbert, dem Barbier, war geschlossen. Im Gasthaus nebenan herrschte noch Ruhe. Und in der Bäckerei roch es nach Brötchen, die Kunigunde mal wieder allein gebacken hatte. Und der „Erste Schildbürger" auf dem Brunnensockel ... was meinte der zu dem Ganzen?

Hätte er sich bewegen können, so hätte er gewiss die Hände über dem Kopf zusammengeschlagen über seine Ururenkel.

„Bei uns damals wäre so etwas bestimmt nicht passiert!", hätte er gesagt. „Erst hätten wir mal die eigenen vier Wände in Ordnung gebracht. Das Moos vom Dach gekratzt. Und Fenster und Türen gerichtet. Erst dann wären wir in fremde Länder gereist um uns mit Ruhm bekleckern zu lassen!"

Doch wir sollen den berühmten Herren von Schilda nicht unrecht tun. Kaum nämlich hatte ein jeder richtig ausgeschlafen, begann er zu denken. Zunächst einmal allein in seinem Stübchen.

Der Gedanke, von nun an wieder sein Leben in Schilda zu fristen, wollte natürlich keinem behagen. Zu schön war es gewesen schlaue Ratschläge zu geben, die man selbst nicht befolgen musste ... Aber in jedem Schildbürger steckte auch ein Genießer. Dagomar zum Beispiel genoss es, von seiner Kunigunde getätschelt und gekuschelt zu werden. Humbert konnte endlich wieder in den Weinkeller, wann immer ihm nach einem guten Tropfen gelüstete. Säufried liebte es über alle Maßen vom Grunzen seiner eigenen Sau umgeben zu sein.

Und so hatte jeder seine Vorlieben, denen man zu Hause in aller Ruhe nachgehen konnte.

Leider jedoch währte diese Ruhe nicht lang.

Schon nahten wieder die ersten Boten aus fremden Ländern.

„Wir brauchen dringend euren weisen Rat!“

„Ihr Schildbürger seid die schlauesten Männer dieser Welt. Kommt an unseren Hof und lasst uns teilhaben an eurer Intelligenz!“

„Ihr bleibt hier!“, forderten Frauen und Kinder einstimmig.

„Wir müssen zu Rate sitzen und gemeinsam nach einer Lösung suchen“, stellten die Schildbürger einhellig fest.

Und so hockten sie alsbald im Gasthaus „Zum Vollen Humpen“ beieinander und beratschlagten – jeder für sich und alle gemeinsam.

„Wir geben überhaupt keine Ratschläge mehr!“, hieß es da.

„Oder wir geben nur noch falsche und schlechte!“, lautete ein anderer Vorschlag.

„Oder wir lassen niemand mehr nach Schilda rein und niemand mehr aus Schilda raus!“

„Oder wir verbieten das Denken!“

Oder, oder, oder ...

Die Schildbürger grübelten und redeten sich die Köpfe heiß und suchten mit aller Anstrengung nach einer idealen Lösung.

Nur zwei ließen sich von der ganzen Aufregung nicht anstecken: Liebwin, der Maler, und sein kleiner Gehilfe Helmfried.

Eine andere hingegen beäugte die Versammlung voller Misstrauen: Es war Othilde, die Ehefrau von Humbert. Ihr schwante nichts Gutes, weil die Humpen und Krüge schneller leer wurden, als ihr Humpi nachschenken konnte.

Dann aber – als der eine oder andere Schildbürger schon an seinem Verstande zu zweifeln begann – hatte Alwis, der bärtige alte Weise, die rettende Idee: „Wir werden einfach alle Narren! Solche Dummriane wird keiner um Rat fragen. Es sei denn, er ist selbst ein Narr!“

Wie sich die Schildbürger zur Dummheit erzogen

Wie wird man ein Narr, wenn man gerade noch ein in aller Welt hoch geschätzter Schlaukopf war? Das war die Frage, mit der sich über Nacht alle Schildbürger die Köpfe marterten.

Es sei gleich verraten: Für einen echten und intelligenten Schildbürger ist das nur ein kleineres Problem.

Als Erstes fängt man so schnell wie möglich damit an!

Als Zweites hört man so bald wie möglich nicht damit auf!

Und als Drittes redet man sich unentwegt ein, dass man noch nie ein Schlaukopf war, dass Schlausein Schmerzen bereitet und dass auch der närrischste Schlaukopf kein dummer Narr ist!

So weit. So gut.

Aber was nützt es, ein Narr zu sein, wenn man wie ein Schlaukopf aussieht? Jeder Schildbürger war nämlich überzeugt, dass man ihm den großen Verstand schon von weitem ansah.

Auch zu diesem Problem kamen die verschiedensten Lösungsvorschläge:

„Jeder Schildbürger muss ab sofort eine Narrenkappe tragen!"

„Jeder übt jeden Tag eine Stunde vor dem Spiegel, so dumm und so blöd zu schauen, wie es nur irgend geht!"

„Alle Schildbürger dürfen nur noch nackig durch die Gegend laufen!"

„Das ist alles noch viel zu intelligent gedacht!", hatte Alwis, der alte Weise, seine Mit- und Schildbürger schon bald überzeugt. „Es geht nicht um unser Aussehen, sondern um unser Ansehen. Wir müssen Närrisches tun! Wir müssen so viel Unsinn anrichten, dass jeder ernsthaft an unserem Verstand zweifelt. Am besten ist, wir bauen uns ein neues Rathaus. In solchen Häusern fällt den Menschen meistens der größte Unsinn ein."

Kaum beschlossen, schon begonnen!

Mit größter Begeisterung machten sich die Leute von

Schilda an die Arbeit – ein jeder auf seine mehr oder weniger närrische Weise.

Jedoch schon bald musste Baumeister Bertwin seine Gehilfen bremsen:

„Sachte, sachte! Wir haben das Wichtigste vergessen!“ Und kaum später fand man eine große Zahl von Schildbürgern im Wald wieder.

Was war der Grund?

Die guten Narren hatten vergessen zunächst einmal das Bauholz für ihr neues Denk- und Rathaus zu beschaffen! Und nun widmeten sich die Schildbürger mit allem Elan dieser neuen Aufgabe. Aber auch hier gab es erst einmal Probleme.

Denn schließlich waren die guten Herren im Denken geübt und nicht im Sägen, Hacken und Schleppen. Am leichtesten taten sich noch Humbert, der Wirt, und sein Freund Dagomar, der Bäcker:

„Hau ruck! Ruck hau!“, riefen sie in einem fort und rückten einem Ungetüm von Baum mit einem Ungetüm von Säge an den Leib.

Zur Sicherheit hatten die beiden nicht ihre Arbeitskleidung gewechselt.

„Wenn ein Fremder vorbeikommt und uns fragt, was wir hier machen“, hatte Dagomar mit närrischem Sachverstand vorgeschlagen, „dann erzählen wir ihm, dass wir gerade die frischen Brötchen vom Baum ernten wollen.“

„Eine glänzende Idee, lieber Dagob!“, hatte der Wirt geantwortet. „Und ich erzähl ihm, dass ich den Baumstamm zum Umrühren meiner in aller Welt berühmten Weinundschweinsuppe benötige!“

Einem anderen ging das alles viel zu schnell: Der Schweinehirt saß auf einem Baumstamm, strengte sein Hirn an und hielt Selbstge-

spräche: „Säufried, du musst schweinisch aufpassen! Wenn die anderen so weitermachen, verlierst du noch den Verstand. Und wenn du einmal echt närrisch geworden bist, dann merken es die Schweine. Und wenn die Viecher erst einmal keinen Respekt mehr vor dir haben, dann wird das Leben säuisch schwer. Es reicht schon, was du mit Wiltrude zu stellen hast! Säufried, du musst dir irgendetwas Schlaues einfallen lassen."

Der Schultheiß zu seiner Linken mochte sich mit solchen Gedanken nicht quälen. Er prostete mit Genuss auf den verlorenen Verstand, was die gute Bäckerin gründlich missverstand:

„Adalwin!", mahnte sie das Oberhaupt von Schilda. „Du sollst nicht deinen Verstand verlieren! Du sollst nur so tun, als ob du ihn verloren hättest."

„Ach du wunderhübsche Kuni, du!", erwiderte der Schultheiß. „Ich tu doch nur so, als täte ich so, dass ich meinen Verstand verloren hätte. Verstehst du?"

„Nein, lieber Adalwin", gab die Bäckerin zurück.

„So ist's recht! Darauf trinke ich noch einen", sagte der Schultheiß und vergaß bald vollends, warum er hier im Wald saß.

Die anderen mühten sich schlecht und recht mit dem Holz ab. Um es bis zur Baustelle zu schaffen musste man zunächst einen steilen Hügel erklimmen. Anschließend ging es ebenso steil bergab gen Schilda. Und beides war für den Herrn Pfarrer Justinianus und seine Schäfchen nicht so einfach.

„Mit Musik wird alles leichter!", hatte Landfried, der Nachtwächter, verkündet.

„Auch das Holz!", hatte ein besonders Schlauer gemeint und trotzdem Muskelkater bekommen.

„Ein herrliches Motiv“, freute sich Liebwin, der Maler, ganz närrisch und malte und malte ...

... und hätte beinahe eine überaus wichtige Sache verpasst!

Nachdem nämlich die Schildbürger sich eine ganze Zeit redlich bemüht hatten, die schweren Stämme den Hügel hinunterzuschleppen, war plötzlich auf der anderen Seite des Berges dem Schweinehirten ein kleines Licht aufgegangen:

„Wenn ich das Ganze einmal aus der Sicht eines Schweines betrachte“, hatte er gesagt, „so müsste ich –“

„Aber Säufried“, hatte der Schultheiß ihn unterbrochen, „du bist doch kein Schwein!“

„Ich tu aber so, als ob ich eins wäre“, hatte der Schweinehirt erwidert. „Und wenn ich dann so durch meine Schweinsäugelein blicke –“

„Aber Säufried“, hatte die Bäckerin protestiert, „du hast doch Menschenaugen!“

„Ich tu ja nur so, als ob ich welche hätte“, hatte der Schweinehirt erklärt. „Wenn ich also durch meine schweinischen Mensch ... äh ... äh ... menschlichen Schweinsäugelein blicke ... dann ... grunz ... grunz ... scheint mir hier etwas schief zu laufen.“

„Was denn?“, hatten die Herumstehenden gefragt und sich über die tiefsinnigen Gedanken ihres Schweinehirten gewundert.

Voller Mitleid betrachtete Säufried seine durchschwitzten Freunde.

„Ich stelle fest“, sagte er, „wir verrichten hier eine Schweinearbeit.“

„Aber Säufried, du tust doch gar nichts!“, sagte die Bäuerin verwundert.

„Ist Denken etwa keine Arbeit?“, protestierte der Schweinehirt mit krächzender Stimme.

„Lass gut sein, Säufried!“, mischte sich der Wirt ein. „Keiner hat je an deinem Verstand gezweifelt. Sag, was dich quält!“

„Es ist keine Qual“, erklärte der Schweinehirt, „es ist eine Erkenntnis.“

„Aber denk daran, es muss eine närrische sein!“, mahnte der Bäcker.

Der Schweinehirt legte seine Stirn noch einmal in tiefe Falten, grunzte zweimal leise und sagte: „Kein Schwein würde das so machen wie wir.“

Erneut verfiel er ins Nachdenken.

Alle warteten gespannt, denn jeder Schildbürger wusste, dass Säufried ein weltweit anerkannter Schweinespezialist war.

„Also das mit dem Hügelraufschleppen ist in Ordnung“, erklärte der Schweinehirt. „Das würde jede Sau genauso machen. Aber den Berg runter ... da muss man das Holz wie Schweinswürstchen rollen. Eins nach dem anderen, bis alle unten sind.“

„Natürlich!“

„Keine Frage!“

„Wie konnten wir nur!“

Anerkennend klopften die Schildbürger ihrem Säufried auf die Schultern. Und sogleich schallten eifrige Kommandos hinüber zu den anderen:

„Das ganze Holz wieder hochschleppen!“

„Alle Stämme müssen gerollt werden!“

Und der Schultheiß stellte kritisch fest: „Wie konnten wir nur so unnärrisch sein! Gut, dass uns kein Fremder zugeschaut hat.“

Und während der Nachtwächter um sein Leben rannte und es dem kleinen Helmfried schier die Schuhe auszog, machten sich die Schneiderin und die Schweinehirtin so ihre eigenen Gedanken.

„Oh Linda! Ob das unseren Männern wohl gut tut?“, fragte Wiltrude mit besorgter Miene. „Körperliche Arbeit hat noch niemand geschadet“, erwiderte Friedelinde, die Schneiderin. „Aber sie sind es nicht mehr gewohnt, Linda!“

„Sie werden es schon lassen, wenn's ihnen schadet.“

„Mein Säufriedchen ist aber so empfindlich, Linda!“

„Ich seh' ihn auch nicht arbeiten, Trude.“

„Wahrscheinlich wälzt er wieder Probleme, mein Säufriedilein.“

Warum die Schildbürger anfingen das Licht einzufangen

Hier steht es, das Prachtgebäude von Rathaus! Selten zuvor hatten die Schildbürger so kräftig gemeinsam zugepackt. Kaum zuvor war in Schilda ein Werk so schnell vollendet worden. Und wie immer zuvor nahmen die Bürger von Schilda auch diese Gelegenheit wahr um kräftig zu feiern. Aus allen Gassen und Löchern strömten sie herbei, um den neuen Mittelpunkt ihres Ortes zu besichtigen und die fleißigen Handwerker hochleben zu las-
sen.

Zur Feier des Tages spielte ein Dudelsackspieler auf. Pfarrer Justinianus verkündete die Worte des Herrn. Bäcker Dagomar brachte zum Zeichen seiner Liebe seiner Kunigunde einen Blumenstrauß mit. Die Wirtsleute waren ausnahmsweise mal ein Herz und eine Seele. Säufried und Wiltrude hatten sogar zum festlichen Anlass gebadet. Und Friedelinde – sie hatte besonderes Herzklopfen: Baumeister Bertwin, ihr heimlicher Schwarm, stand ganz im Mittelpunkt des Festes. Einmal, so hoffte sie inständig, würde er vielleicht ihr stummes, sehnsüchtiges Flehen erhören ...

Was war plötzlich in die Schildbürger gefahren? Jeder benahm sich so normal! Niemand tat etwas Närrisches!

Erst als der gute Stadtbote Ottfried verkündete, es handle sich bei dem Neubau um eine Meisterleistung von Narretei, da wurde einer aufmerksam: Landfried, der Nachtwächter, fiel samt Richtbaum fast von der Leiter. Denn ihm war bei aller Wachsamkeit bisher entgangen, dass das Rathaus nur drei Ecken hatte.

Doch damit nicht genug! Denn kaum hatte man das Innere des Rathauses zur Besichtigung freigegeben, da entstand Unruhe. Es wurde nach Fackeln gerufen und bald später standen ein paar Herren in dem Prachtbau von Rathaus und zerbrachen sich die Köpfe: „Ich stelle nach längerem Nachdenken und -schauen fest“, sprach der Schultheiß Adalwin, „in diesem unseren Rathaus ist es ziemlich dunkel!“

„Ich gebe dir Recht, mein geschätzter Adi“, sagte Alwis. „Auch ich kann wenig Helligkeit entdecken.“

„Woran, in Gottes Namen, mag das liegen?“, fragte Humbert, der Wirt.

„Es könnte Nacht sein“, bemerkte Adalwin.

„Oder eine Sonnenfinsternis“, ergänzte Alwis.

„Aber draußen ist es noch Tag“, sagte Humbert.

„Vielleicht ist es draußen Tag und hier drinnen Nacht“, gab der Weise zu bedenken.

„Das kann ich mir nicht vorstellen!“, widersprach der Schultheiß. „Dann käme kein Licht durch das Rathaustor.“

„Das ist vielleicht noch vom Tag übrig geblieben“, sagte Humbert.

„Quatsch, Humpi!“, erregte sich der Schultheiß.

„Jetzt redest du wie ein Narr!“

„Soll ich das denn nicht?“, fragte Humbert beleidigt.

„Nun seid milde und freundlich zueinander“, mischte sich Justinianus ins Gespräch. „Vielleicht hat unser aller Vater ein Wunder gen Schilda gesandt. Oder könnte das nicht sein?“

„Ich vermute eher, dass wir das Wunder sind“, sprach Alwis, der Weise, mit tiefer Stimme. „Wenn ich alle meine Lebenserfahrung zusammenkratze und gleichzeitig so um mich schaue, dann fällt mir etwas Ungewöhnliches auf!“

„Die ...“, sagte Humbert überrascht.

„Die Fenster ...“, sagte Adalwin voller Staunen.

„Die Fenster fehlen!“, stellte Justinianus fest.

Mit den Worten: „Wir wollen nicht lange fackeln, wir wollen lieber länger feiern!“, hatte Säufried die debattierenden Herren aus dem Rathaus raus- und ins Wirtshaus reingelockt.

Und dort wurde dann ausführlich diskutiert, was man nun mit dem fensterlosen Rathaus anfangen solle.

„Heuschober!“, schlug ein Bauer vor.

„Räucherkammer!“, schlug ein Metzger vor.

„Schweinestall!“, schlug ein wohl bekannter Schweinehirt vor.

„Das Dach abdecken!“, riet der Baumeister.

„Die Tür vergrößern!“, riet der Nachtwächter. „Das ganze Rathaus wieder abreißen!“, riet Humbert, nachdem er sich einige Humpen hinter die Binde gegossen hatte.

Und so suchten sie mehrere Tage nach Lösungen, bis ein Fremder nach Schilda kam und den Schildbürgern einen gehörigen Schrecken einjagte. „Euer wunderbares Rathaus ist in aller Munde“, erzählte der Fremde. „Wie ein Lauffeuer hat sich verbreitet, was passiert, wenn ihr zu mehreren zusammensitzt. Eure Intelligenz scheint sich dabei zu vermehren. Eure Ideen werden noch grandioser. Die Herrscher dieser Welt werden nun noch weniger auf euren werten Rat verzichten können!“

Während der Rede des Fremden war der Wirt aufgestanden, hatte mehrere Weinkrüge zurechtgestellt, hatte auf alle einen Trichter gestülpt und sich selbst davor gesetzt. Und während der Fremde weitersprach, starrte Humbert mit sichtbarer Anstrengung auf die Gefäße ... ganz so, als ob sie oder gar er etwas ausbrüten müssten.

„Versteht ihr?“, sprach der Fremde und ließ sich von dem seltsamen Tun des Wirtes nicht beirren. „Euer Rathaus ist in seiner besonderen Eckigkeit, seiner Dreieckigkeit, einmalig auf dieser Welt. Niemand sonst hat je einen so kühnen architektonischen Entwurf erklügelt. Viele nicht ganz so kluge Köpfe wie ihr machen sich nur noch Gedanken, was die Fensterlosigkeit bedeuten mag.“

„Darüber denken wir selbst auch noch nach“, erklärte der Schultheiß. „Bitte lassen Sie uns eine Weile beim Denken allein.“

Kaum war der Fremde außer Hörweite, fragte der Schultheiß

ganz entgeistert den Wirt: „Was zum Teufel treibst du da, Humpi?"

„Ich fange Licht", erklärte der Wirt mit schweißnasser Stirn.

„Wofür?", fragte der Schultheiß stirnrunzelnd.

„Um das Rathaus zu erhellen", antwortete der Wirt.

„Ich auch! Ich auch!", schrie der Schweinehirt begeistert. Und umgehend war er mit einem großen Sack unterwegs um möglichst viel Licht auf einmal einzusacken.

Muss man erzählen, was in der nächsten Zeit in Schilda los war? Groß und Klein, Jung und Alt war unterwegs um Licht zu fangen. Vor allem, sobald sich ein Fremder am Stadttor zeigte, waren die Lichtfänger besonders intensiv bei der Sache. Kein Fingerhut, kein Eierbecher war zu klein, kein Korb und kein Fass war groß genug um nicht als Lichtfangbehälter zu dienen. Mit Löffel und Schaufel, mit Besen und Harke wurde gezeigt, wie närrisch ernst ein Schildbürger seine Arbeit nimmt.

Dann und wann standen ein paar Männer ganz außer Atem im Rathaus und wunderten sich, dass es immer noch so dunkel war.

„Unser Rathaus ist was Großes", meinte der Barbier Richbert, „das Licht hingegen ist was Klitzekleines. Da braucht man eben Unmengen."

„Genau!", unterstützte ihn der Schultheiß. „Nicht verzagen, weiter nach Licht und Sonne jagen!"

„Und immer das Tor fest verschließen!", riet Bertwin. „Sonst fliegt das Licht nämlich wieder raus!"

Ganz für sich allein arbeitete er längst an neuen Bauplänen. Die Begeisterung der Fremden für das Rathaus hatte ihm Mut gemacht für noch kühnere Entwürfe. Als Nächstes wollte er den Schildbürgern vorschlagen ein zweieckiges Gebäude zu errichten. Und sollte dies ein Erfolg werden, dachte er schon an eine Erfindung, die in den damaligen Zeiten wahrlich fantastisch klang: Bertwin überlegte allen Ernstes, als Gipfel seines Ruhmes ein eineckiges Haus zu entwerfen und auch zu bauen.

Schließlich lebe ich im Lande Utopia!, machte sich der Baumeister Mut. Dieser Name verpflichtet. Und wenn's auch keiner verstehen mag ...

Der Schweinehirt plagte sich inzwischen mit einem ganz anderen Experiment:

Wenn man Licht fangen und das Dunkle damit hell machen kann, so sagte er sich, dann müsste ich das für meine Schweinezucht nutzen können! Ich muss den Säuen nur tüchtig Licht zu fressen geben. Dann wird es hell in ihren Mägen und ich kann frühzeitig sehen, ob kleine Ferkelchen da drinnen sind. Und wenn die so frühzeitig das Licht der Welt erblicken, werden es gewiss einmal sehr glückliche Schweine ...

Wie die Schildbürger den eisigen Winter verbrachten

Es wurde Winter in Schilda und unseren Schildbürgern ging es nicht besser, als weniger schlauen Bewohnern dieser Welt: Sie froren! Und warum hielten die Herren ihre Ratssitzung ausgerechnet an einem so zugigen Platze ab? Sehr einfach: Im Rathaus war es nicht nur dunkel geblieben. Nein, es war auch lausig kalt dort, da die Bauherren vergessen hatten einen Ofen einzubauen. Zunächst einmal war das den Schildbürgern schnurzegal gewesen. Irgendwann war ihnen das Lichteinsammeln zu langweilig und zu mühsam geworden und sie hatten eine neue Lösung des Problems gefunden. Sie hatten nämlich kurzerhand das Dach des Rathauses abgedeckt!

Und schon waren alle glücklich und zufrieden ... bis ... ja, bis eben der Schnee fiel. Da musste in Windeseile das Dach wieder gedeckt werden. Und zum Leidwesen der Ratsherren war es erneut stockduster und außerdem noch lausig kalt.

Irgendwas haben wir verkehrt gemacht!, war die fast einhellige Meinung der ach so hellen Köpfe in Schilda.

„Dann denkt jetzt jeder für sich allein über dieses Problem nach", sagte der Schultheiß, der wie üblich den Vorsitz der Ratsversammlung innehatte. „Später tauschen wir dann unsere Erkenntnisse aus."

Der Einzige, der nicht nachdachte und alles so in Ordnung fand, war der verschnupfte alte weise Alwis. Wenige Tage zuvor hatte er ein Gespräch mit einem Fremden gehabt, der öfter in Schilda auftauchte.

„Wenn ich das alles, was bei euch passiert, da draußen erzähle", hatte der Fremde gesagt, „wird man beginnen an eurem Verstand zu zweifeln."

„Erzähl nur! Erzähl nur!", hatte der Weise gesagt und zufrieden gelächelt.

Der gute Humbert lächelte nicht, sondern er lallte rotweintrunken:

„Meine verehrten rat... rat... ratlosen Herren ... ich meine ratherrenlosen ... meine herrenlose Rats ... meine rathauslosen Herr ... meine losen Ratsherren! Man sollte ... schluck ... müsste ... dürfte ... schluck ... könnte unser Probenemblem ... ich meine unser Problem ... von einer ganz nüchternen Schluckseite betrachten. Dies aber ist mir unter diesen Schluckständen ... ich meine Schluckumständen nicht möglich!"

„Mir geht plötzlich ein Licht auf!“, sagte der Schultheiß ganz aufgeregt. „Warum lassen wir nicht alle unsere Probleme von unseren Frauen lösen?“

„Schluck ...“, machte Humbert, „das gibt nur neue ... schluck ... Probleme.“

„Gibt es weitere Wortmeldungen?“, fragte der Schultheiß.

Da einigen Herren offenbar das Hirn eingefroren war, meldete sich erneut der Schultheiß zu Wort:

„Oder wir kehren alle unsere Probleme unter den Schnee! Was haltet ihr davon?“

„Ich muss gestehen, unser Schultheiß macht mir Sorgen. Seine Art an die Lage der Nation ... ich meine an die Lage der Stadt Schilda heranzugehen, ist in meinen Augen nicht das Wahre. Wie ihr wisst, sehe ich die Dinge ja gern aus der Sicht eines Schweines.

So ein vierbeiniges Wesen ... grunz ... steht ja mit seinen vier Beinen ... grunz ... ganz anders auf dem Boden als wir Zweibeiner. Und aus diesem Stand und Grund ... grunz ... lässt sich natürlich manches besser beurteilen ... grunz!

Würde ein Schwein also einen neuen Stall haben, würde es erst einmal zufrieden grunzen. Würde das Schwein dann feststellen, dass die Fenster fehlen, würde es unzufrieden grunzen.

Da das Schwein nun von Natur aus kein besonders fleißiges, aber ein durchaus intelligentes Tier ist, würde es sagen: ‚Ihr habt Schwein gehabt, dass es mich gibt! Wenn ihr weiter Schwein haben wollt, müsst ihr alle etwas für mich tun.‘ Ich schlage also vor: Jeder von euch sorgt dafür, dass der Schweinestall ... ich meine natürlich: der Ratsherrenstall ... je ein Fenster nach je eurem Geschmack bekommt.

Ist das geschehen, kann man die Dinge im Schweinehaus ... grunz ... ich meine: Rathaus ... grunz ... in ganz anderem Licht sehen."

„Apropos Licht!", unterbrach ihn Alwis. „Mir ging bei der Rede unseres hoch geschätzten Säufrieds gerade ein ... nein! Mir gingen sogar drei Lichter auf!

Licht eins: Der Schweinehirt ... ich meine: Das Schwein hat immer Recht!

Licht zwei: Wer immer Recht hat, kann eigentlich nur aus Schilda sein.

Licht drei: Und wer aus Schilda ist, redet nicht lange, sondern macht sofort das, was der Schweinehirt vorgeschlagen hat ... so sorgfältig wie immer!"

Was die Schildbürger so alles in ihrem Rathaus trieben

Hat man gesehen, mit welchem Ideenreichtum die Schildbürger gesegnet sind? Fast alle Einwohner von Schilda, ob männlich oder weiblich, waren an dem Umbau des Rathauses beteiligt.

Es wurden Fenster gebrochen oder gar gemalt und ein jeder tat es nach seinem Geschmack. Es wurde ein Ofen gebaut und es wurde bald festgestellt, dass er am falschen Platz stand.

Doch was ist in einem solchen Fall besser? Soll man vernünftig sein und die Fehlkonstruktion abreißen? Oder soll man närrisch sein und aus der kleinen Fehlkonstruktion eine möglichst große machen?

Die Bürger von Schilda entschieden sich nach längerer Beratung für die zweite Lösung.

Und wie so oft waren sie damit einmal mehr ihrer Zeit weit voraus.

Bis es allerdings zu einer endgültigen Entscheidung kam, wurde kräftig mit närrischen Ideen gerangelt:

„Wir benutzen den Ofen als Schneeauffangundverbrennungsanlage!", lautete ein Vorschlag.

„Wir lassen den Ofen stehen, reißen das Rathaus ab und bauen ein neues Rathaus um den Ofen herum. Dann steht er ja drinnen!", war eine andere Überlegung.

„Wir benutzen den Ofen nicht zum Beheizen des Rathauses, sondern nur zum Verbrennen unserer guten Ideen!", war ein weniger guter Vorschlag. Schließlich einigte man sich auf den Bau einer Heizkraftdampfschweißwarmwasserversorgungsschwitzsaunateezubereitungsduschbadundföhnanlage. Und diese sollte so verrückt werden, dass alle Welt darüber den Kopf schütteln musste. Denn es bestand die Gefahr, dass Baumeister Bertwin oder andere Beteiligte zukünftig als Heizungs- und Warmwasserfachleute an die Kaiser-, Königs- und Fürstenhöfe gerufen wurden. Ja – es war sogar Schlimmeres zu befürchten: Da nämlich auch Frauen an der Erstellung dieses Meisterwerkes beteiligt waren, drohte auch deren Abberufung!

„Und dies nun ist überhaupt nicht in unserem Sinne!“, war die einhellige Meinung der männlichen Bewohner von Schilda.

Und also taten sie noch einiges mehr, damit die Anlage ein überzeugender Beweis ihrer Narretei sei.

So zum Beispiel haperte es erheblich bei der Frischwasserzufuhr. Fluchend und schimpfend tat Säufried sein Bestes, damit er und die anderen Herren in den vollen Genuss der Heizkraftdampfschweißwarmundsoweiteranlage kamen.

Nicht weniger anstrengend war das Tun des Wirtes:

Er musste den weltgrößten Balg blasen um die angeschlossene Dampfzubereitungsanlage mit der nötigen Luft zu versorgen.

„Lange machst du das nicht, Humpi!“, schwor er sich insgeheim. „Sonst pustest du dir auch noch den letzten Rest von Verstand aus dem Hirn!“

Und einer war offensichtlich überhaupt nicht einverstanden mit der Heizkraftdampfundsoweiteranlage. Denn was gewöhnlich bei einem Ofen direkt ins Freie gepustet wird, nahm hier den ungewöhnlichen Umweg durchs Schultheißen-Zimmer.

„So etwas müsste sogar in Schilda verboten sein!“, hustete Adalwin verzweifelt.

Wie ging es ansonsten im Rathaus von Schilda zu? Mit zwei Worten gesagt: ziemlich vergnüglich!

Die Herren ließen es sich mal wieder wohl ergehen und genossen ihre Heizkraftdampfschweißwarmwasserversorgungsschwitzsaunateezubereitungsduschbadundföhnanlage.

Man muss wissen, dass das Schamgefühl der Schildbürger damals weltweit geschätzt und gerühmt wurde. Und nie war es jemand vergönnt, hinter die Kulissen der schüchternen Bürger zu schauen. Hier jedoch sei ausnahmsweise eine Ausnahme gestattet. Und schon ein kurzer Blick beweist es:

Die Schildbürger waren nicht nur außergewöhnliche Denker und Narren. Sie waren auch ganz außerordentliche Genießer! Da wurde nicht nur geschwitzt, gebadet und geduscht. Da kamen auch die leiblichen Genüsse nicht zu kurz.

Und wer sorgte wie immer für Speise und Trank? Die Frauen natürlich!

Und was war das Lieblingsthema in Schwitz-, Bade- und Teestube?

Das Narrenspiel natürlich!

Mit Hochgenuss besprachen die Herren aus Schilda dieses Thema vorwärts und rückwärts.

„Sind wir nun echte Narren oder falsche?“

Oder: „Wie lang darf man närrisch sein, ohne nicht närrischer zu werden als ein echter Narr?“

Oder gar: „Was machen wir, wenn wir als falsche Narren närrischer sind als der närrischste Narr und statt der echten als falsche

Narren an die Fürsten-, Königs- und Kaiserhöfe gerufen werden? Wäre das nicht närrisch?"

„Ich verliere langsam den Durchblick", meinte sogar Alwis, der weiseste Denker unter den Schlauköpfen.

„Ich nicht. Ich bin ich!", erklärte Dagomar kichernd und mit Schaum im Mund. „Ich fihle mich richtich wohlich schelmich und schaumich in diesem Bottich. Und sei ich noch so närrisch – wichtich ist: Mein Ich bleibt mein Ich!"

Wie die Schildbürger Salz anbauten

Es war Frühling geworden im Lande Utopia und auch in Schilda. Wer glaubt, die Schildbürger wären inzwischen vernünftig geworden, muss enttäuscht werden.

Im Gegenteil!

Die Herren trieben es mit den Narreteien schlimmer denn je.

Und was taten die Frauen?

Sie rieben sich die Hände: Ihre Männer waren hochgradig an Narritis erkrankt. Und wenn es so weiterging, würde keiner je wieder in die Ferne gerufen. Schlimmer noch! Man würde den Schildbürgern wegen Ansteckungsgefahr sogar verbieten müssen ihre Stadt zu verlassen ...

Was die guten Frauen von Schilda jedoch übersehen hatten: Auch sie liefen Gefahr sich an der Narrenkrankheit anzustecken. Und wenn man ganz ehrlich ist, so muss man gestehen: Es war schon geschehen! Noch trieben zwar die Frauen ihre Späßchen hinter den vier Wänden und meistens dann, wenn ihre Männer im Rathaus oder im Wirtshaus hockten. Aber eine nach der anderen vergaß ihre Vorsicht oder merkte ganz einfach nicht mehr, wenn der närrische Gaul mit ihr durchging.

Aber bei aller Freude an der Freude ... es kamen auch Sorgen und Nöte auf die Schildbürger zu: Und wie so oft war es ein Krieg, der den Menschen das Leben schwer machte. In Utopia zwar war man längst so schlau, auf solchen Unsinn zu verzichten und sich lieber mit Worten zu streiten. Aber Kriege bringen auch denen Not, die keine führen. Zum Beispiel mangelt es plötzlich an lebenswichtigen Dingen, die man aus anderen Ländern bezieht.

Als nun die Kunde vom Krieg nach Schilda drang, wollten die Schildbürger besonders schlau sein. „Wenn die anderen so dumm sind und Krieg führen", hieß es in einer Ratssitzung, „sind wir am Schluss die Blöden und bekommen kein Salz mehr. Salz aber ist lebenswichtig und so müssen wir für Vorräte sorgen." Aber wie?

Es wurde mal wieder lange diskutiert in Schilda. Und es wurden die närrischsten Ideen vorgetragen: „Wir versuchen Hühner zu züchten, die nicht Eier legen, sondern Salz!"

„Wir konstruieren eine Zuckerundmehlinsalzumwandlungsundherstellungsanlage!"

„Wir leiten das Mare Comicum nach Schilda um und fangen uns das Salz aus dem Meerwasser heraus!" Doch dann kam ein ausgesprochen kluger Vorschlag auf den Tisch:

„Wir bauen unser Salz selbst an!"

Nicht alle waren einverstanden.

Salzanbau bedeutete Arbeit. Und seit einiger Zeit hielten die Herren von Schilda nicht mehr so viel von dieser Art Zeitvertreib.

„Außerdem weiß keiner von uns, wie man Salz anbaut!", gab Adalwin zu bedenken.

Da hätte man die anderen Ratsherren hören sollen! Schlimme Beleidigungen flogen dem guten Schultheißen um die Ohren:

„Du Schlummereule!" – „Du Schulschwänzer!" – „Du falscher Narr, du!"

Und sogleich machte Alwis dem Gescholtenen klar, wie das mit dem Salzanbau funktioniert:

„Alle wichtigen Lebensmittel kommen aus der Pflanze. Der Zucker kommt aus der Zuckerrohrpflanze. Das Mehl kommt aus der Weizenpflanze. Der Senf aus der Senfpflanze. Der Kaffee aus der Kaffeepflanze. Wenn man eine Pflanze haben will, braucht man ein Korn und das muss man säen. Man steckt es in die Erde. Dann gießt man es regelmäßig. Und dann passt man auf, dass es nicht von irgendwelchem vorwitzigen Federvieh wieder aus dem Boden gepickt wird. So einfach ist das mit dem Salzanbau!"

Die Ratsherren waren begeistert und lobten ihren weisen Alwis für seinen hochwissenschaftlichen Vortrag. Was lag nun näher, als den grandiosen neuen Plan erst einmal kräftig zu begießen? Doch dann wurde es ernst mit der Landwirtschaft in Schilda! Zunächst einmal hatte jeder Haushalt im Ort einen Gutteil seines Salzes zum Wohle der Allgemeinheit herauszurücken. Zwar war den Schildbürgerinnen dieses Vorhaben nicht ganz geheuer. Aber letztlich half ihr halbherziges Protestieren nichts: Wenn ein Narr sich einmal etwas Närrisches in den Kopf gesetzt hat, dann lässt er es sich auch nicht von der eigenen Frau ausreden!

Sodann wurde das Los geworfen und Adalwin wurde zum ersten Salzsämann von Schilda ernannt. Das zweite Los traf Säufried. Er hatte sich auf dem Acker einzugraben und musste fortan dafür sorgen, dass sich kein hungriges Federvieh über die Samenkörner hermachte.

Natürlich war von nun an die Spannung groß in Schilda. Aber siehe da: Es sprießte und spross! Und wer erlaubt es sich hier, in hohem Bogen die jungen Pflänzchen zu nässen ...?

... Eine Kuh, die es sich obendrein auch noch schmecken ließ!

Und was wuchs und gedieh da so prächtig?

Es hatte sich wie ein Lauffeuer in Schilda verbreitet:

„Die Saat ist aufgegangen!"

„Das Feld steht voller Salzpflanzen!“

„Kommt alle her zur Salzernte!“

Und dann standen sie glückselig auf ihrem Land, das einstmals ein karger Acker gewesen war. Jeder hatte Erntewerkzeuge nach seinem Geschmack mitgebracht: Humbert, der Wirt, wollte die Pflanzen mit der Sichel schneiden. Richbert, der Barbier, wollte jedes Pflänzchen zärtlich und dankbar mit den Händen pflücken Othilde, die Wirtin, war mit einem Dreschflegel angerückt. Die Schweinehirtin tat es dem Wirt gleich und war mit einer Sichel erschienen. Bäcker Dagomar gedachte mit einer großen Sense vorzugehen. Und Justinianus, der Pfarrer, hatte die närrischste Idee gehabt: Er wollte die frischen Spitzen mit einer Armbrust abschießen. Und noch einer stand da und wunderte sich über das närrische Treiben.

Er war von weither gekommen und hoffte vergeblich, dass ihm jemand zuhörte:

„Ich habe eine wichtige Botschaft zu überbringen!“, sagte er ein ums andere Mal.

Aber mit den Schildbürgern schien der Teufel los zu sein.

Weshalb hopsten Humbert und der kleine Helmfried so herum?

Warum hielt sich Richbert seinen Allerwertesten?

Wovor war Othilde auf der Flucht?

Weshalb saß Wiltrude mit schmerzenden Füßen am Boden?

„Ich habe eine sehr wichtige Botschaft zu überbringen!“, versuchte es neuerlich der Fremde.

„Ich werde das Rätsel lösen!“, verkündete Alwis und zog erschrocken den Kopf ein.

Zugleich bemühte er sich gegen die stechenden Schmerzen anzukämpfen, die er im Gesicht, an den Händen und sogar durch seine Kleidung hindurch am ganzen Körper empfand. Mit kritischem Blick prüfte er

die Pflanzen, die die Schildbürger in Zukunft vor allem Salzmangel schützen sollten.

„Irgendwie kommen sie mir bekannt vor!“, grübelte der weise Alwis. „Irgendwo habe ich sie schon mal gesehen! Irgendwas scheint hier nicht zu stimmen!“

Das kommt mir auch so vor!, dachte sich der Bote. Wieder einmal bemühte er sich um Gehör: „Meine Botschaft ist sehr wichtig, werte Schildbürger! Darf ich sie endlich überreichen?“

„Bre... Bre... Brennnesseln!“, stotterte Alwis. „Es sind ganz ordinäre Brennnesselpflanzen ...“

Der Bote und sein Pferd stapften ungeduldig von einem Bein auf das andere.

„Bitte hört zu, ihr in aller Welt hoch geschätzten Schildbürger!“, sagte der Bote jetzt ganz entschieden. „Ich bin gekommen, um euch eine Botschaft vom Kaiser höchstpersönlich zu überbringen. Er will euch in Bälde einen Besuch abstatten!“

Das war überraschend! Das war sensationell! Aber die Schildbürger hatten es erst einmal zu verkraften, dass fast ihr ganzer Salzvorrat im Acker verschwunden war.

Wie sich die Schildbürger auf den Kaiserbesuch vorbereiteten

Der Kaiser kommt!" – „Kommt der Kaiser?" – „Der Kaiser kommt wirklich zu uns?" – „Jawohl! Der Kaiser kommt tatsächlichwirklich zu uns nach Schilda!"

Die Neuigkeit verbreitete sich wie ein Lauffeuer und ein jeder fragte: „Was will der Kaiser ausgerechnet in Schilda?"

Der Bote konnte Auskunft geben: „Dem Kaiser ist zu Ohren gekommen, dass die in aller Welt gerühmten Schildbürger nicht mehr ganz bei Troste sind. Angeblich treiben sie nur noch Schabernack und wollen keine weisen Ratschläge mehr geben."

„Das stimmt!" – „Davon kann sich der Kaiser gern überzeugen!" „Der soll nur herkommen!" Vor allem die Frauen waren es, die dem Boten die Gerüchte über die Narrenpossen der Schildbürger bestätigten. Und damit er sogleich einen richtigen Eindruck vom verrückten Treiben in Schilda bekam, wurde umgehend vor dem Gasthaus „Zum Vollen Humpen" eine Ratsversammlung einberufen. Einziger Tagesordnungspunkt: Rechenschaftsbericht des Schultheißen! Und dann ging es drüber und drunter: „Unser Schultheiß ist ein Versager!" – „Adalwin hat uns die Sache mit dem Salz eingebrockt!"

„Was habe ich?", wehrte sich der Schultheiß. „Ich war doch dagegen!"

„Eben drum", rief Humbert schon nicht mehr ganz nüchtern. „Hättest du daran geglaubt, dann wäre die Saat auch aufgegangen! Die armen kleinen Salzkörner haben ja Angst vor dir gehabt. Deshalb sind sie vor Schreck nicht aufgegangen."

„Ihr tut meinem Adilein unrecht!", protestierte Mechthilde, die Frau des Schultheißen.

„Liebe Gemeinde!", mischte sich jetzt der Schweinehirt in die Diskussion. Er war mit einem kleinen Glücksschwein sowie einem Protestplakat zu der Versammlung erschienen. „Ich finde es gemein, wenn der arme Adalwin immer alles für die Gemeinde machen muss. Lasst uns gemeinsam nach einer gemeineren Lösung suchen!"

säuisch
gut

„Der Schweinehirt soll Schultheiß werden!“, rief Wiltrude und streckte der Schultheißin die Zunge heraus.

Sind die so bekloppt oder tun die nur so?, fragte sich der kaiserliche Bote. Ich verschwinde lieber, bevor ich mich anstecke!

STIMMRECHT FÜR JEDE SAU UND JEDES SCHWEIN!

Die Schildbürger hatten gar nicht gemerkt, dass der Gast verschwunden war. Sie diskutierten und lamentierten noch einige Zeit nach Herzenslust. Und am Ende schritten Mann und Maus zur Wahl ... mit dem Ergebnis, dass tatsächlich der Schweinehirt Säufried zum neuen Schultheißen von Schilda erkoren wurde! Wenn jemand glaubt, dies nun hätte zu größeren Problemen geführt, der täuscht sich gewaltig! Allein Mechthilde, die Ex-Schultheißin, war wütend und gekränkt und sauer. Und obendrein schwor sie Rache. Das aber war nichts Neues. Denn längst hatte „Hildchen“ gemeinsam mit „Hilde“, der Frau des Wirtes, den Ruf weg, eine alte hinterhältige Ziege zu sein.

Aber Säufrieds Frau, die „wilde Trude“, stand ihnen in nichts nach. Mit dem einzigen Unterschied: Sie sagte ihre Schweinereien gerade heraus!

Was aber hatte die Ankündigung des Kaiserbesuchs noch für Folgen?

Zahlreiche und darunter so manche närrische!

Längst hatte jeder Schildbürger so viel Spaß am Narrenspiel, dass ihm jeder Anlass dazu recht war.

„Dem Kaiser muss was geboten werden!“, hatten sich zum Bei-

spiel auch die beiden da rechts gesagt.

„Theater ist immer gut", meinte der abgesetzte Schultheiß. Und im Nu hatte er eine begeisterte Partnerin gefunden.

„Wir spielen das neue Stück ‚Romeo und Julia im siebten Himmel'", schlug Justinianus vor. „Ich bin die Julia und du mein glücklich-unglücklicher Geliebter."

Dieser Herr hier schwelgte in orientalischen Erinnerungen. Nur zu gerne wäre er wieder dort gewesen, wo nicht nur er die Sultane und die Scheiche fachkundigst bekocht hatte, sondern wo auch ihm so manche exotische Verwöhnung geboten worden war. Hier in Schilda hingegen hatte der gute Humbert seiner strengen Othilde zu gehorchen. Allerdings konnte sie ihn nicht hindern sich ab sofort mit orientalischer Musik zu befassen.

Glücklicherweise bekam sie nicht mit, wozu ihr Humpi die wertvollen Weinkrüge missbrauchte. Die ersten Töne, die der Wirt aus seinem neuen Instrument quetschte, waren nicht gerade die schönsten. Aber Hauptsache, den verwöhnten kaiserlichen Ohren wurden höfische Klänge geboten – mochten sie auch noch so schräg sein ...

Ein anderer rührte Farbe an – so reichlich und so bunt wie nie vorher in seinem Leben.

Liebwin hatte schon die verschiedensten Aufträge bekommen: Der eine wollte sein Haus mit lila Punkten verziert haben. Der nächste wünschte eine vollständige Bemalung der Fensterscheiben, damit der Kaiser nicht das Durcheinander im Haus sehen konnte. Wieder andere wollten frisches buntes Obst in ihre Bäume gemalt bekommen. Und die alte Witwe wünschte sogar, dass ihre Hühner golden angestrichen würden. Auf diese Weise sollten die Hennen – so hoffte sie – goldene Eier legen.

Aber vor allen den Schweinehirts schien ihre neue Aufgabe zu Kopfe gestiegen. Sie überschütteten den Maler mit Bilderwünschen, damit ihr Heim zum Anlass des hohen Besuchs angemessen ausgestattet war ...

Auch er hier rechts ahnte, dass viele exquisite Aufträge auf ihn zukommen würden.

Eigentlich war er mit der Entwicklung in Schilda nicht einverstanden. Ihm war es ein Rätsel, wie man ausgerechnet den stets ungekämmten Säufried zum neuen Schultheiß hatte wählen können.

„Da hört doch alle Narretei auf!", hatte Richbert bei der Wahl laut hörbar geschimpft. „Die Frisur muss stimmen! Das ist erste Bürger ... äh ... Schildbürgerpflicht! Was drunter los ist, geht niemanden was an. Deshalb heißt meine Parole: Außen hui und innen pfui!“

Aber auch wenn sich der Schweinehirt nicht in seine Hände begab ... es wartete genug Arbeit auf Richbert.

Die Frauen von Schilda sind ganz eitle Gänse!, hatte der Barbier und Meisterfriseur längst erkannt. Also musste Richbert wohl oder übel neue Kreationen erfinden. Und das tat er gern. Und am liebsten an sich selbst. Da sprühte er mit den feinsten Parfums und Duftwässerchen herum ... schnüffelte und hüstelte und hatte sich einfach lieb ...

Und die Frauen? Was taten die?

Sie klatschten und tratschten und tuschelten, dass es nur so ein Vergnügen war.

„Stell dir vor“, hieß es, „das Hildchen will ein Rotes aus Samt beim Kaiserempfang tragen! Du darfst aber keinem sagen, dass du’s von mir weißt.“

„Und die Kuni will dem Kaiser ein Liebesgedicht im Kuchen verstecken! Sag's aber ja nicht weiter!"

„Weißt du schon das Neueste? Unter dem Siegel der Verschwiegenheit: Adele will dem Kaiser einen Heiratsantrag machen"

„Weißt du, was ich gestern erfahren habe? Die wilde Trude will mit ihrer Lieblingssau einen Schultheißentanz aufführen! Aber wehe, du verrätst es weiter!"

„Ich singe ein Lied!" verkündete Othilde, während sie von oben bis unten vermessen wurde.

„O Kaiser, o, o, o!
O du Süßer, o, o, o!
du bist der Schönste und Beste,
o, o, o auf diesem Feste!
Tritraschildalalala!"

„Hör sofort auf!" zeterte Mechthilde. „Du hast mir meine Idee geklaut!"

Was ging hier vor? Was war der Grund für so viel Geheimniskrämerei und Streiterei?

Ganz klar:

Jede der Damen wollte den besten Eindruck beim Kaiser hinterlassen. Und jede befürchtete von der Nachbarin übertroffen zu werden. Vielleicht hatte auch die eine oder andere im hintersten Eckchen ihrer Seele den Wunsch einmal an den Kaiserhof gerufen zu werden.

Da sollten mal die Männer sehen, wie sie allein zurechtkamen!

„A der schöne Mann, was der alles kann, a, a, a!“, kreischte Mechthilde, die abgesetzte Schultheißin.

Diese Dame hier mochte nicht mitmischen bei solcherlei Zwietracht. Kunigunde war bis zum Grunde ihres Herzens eine todgute Seele. Solange es was leckeres Süßes zu schlecken gab, war sie zufrieden. Und solange Dago ihr oft genug eine Extraportion zuckersüße Küsschen gab, war die Welt für sie in Ordnung.

In der letzten Zeit hingegen war auch ihr Leben nicht mehr so ruhig.

„Dem alten Kaiser müssen wir was bieten“, hatte Dagomar in der Backstube gesagt. „Etwas närrisch Süßes muss es sein!“

„Süßer als süß geht nicht“, hatte Kunigunde geantwortet. Zur Sicherheit aber war sie zu den Wirtsleuten gegangen um deren Speisekarte für den Kaiser zu erkunden.

Und da erfuhr sie, dass es mit dem Üblichen nicht getan war.

„Dem Kaiser wird kräftig eingeschenkt“, verkündete Humbert. „Und das Festmenü soll er nie in seinem Leben vergessen!“

Da war von kalter Mauseschwanzsuppe, rasierter Hühnerbrust, verschmorter Rinderlende, versalzenen Heringen, durchgedrehtem und ausgeflipptem Schweinehack, flambierten Spiegeleiern und dergleichen die Rede ...

„Siehst du!“, hatte Dagomar seiner Kunigunde gesagt, „da dürfen wir in nichts nachstehen.“

Also wurde in der Backstube mit Teig und Sahne, mit Zuckerguss, Honig und Schokoladencreme und so manchem mehr gepanscht und gemanscht wie noch nie zuvor.

Und damit Kuchen und Gebäck nicht nur närrisch aussahen, sondern auch so schmeckten, wurde hier und da eine kleine Portion Senf oder Meerrettich oder mittelalterliches Ketschup untergemischt. „Das wird er schon verkraften, der alte Kaiser!", hatte Dagomar gesagt und seine entsetzte Kunigunde zum Troste gekost und geküsst.

Und die anderen Frauen?

Sie wischten, bohnerten, wachsten und putzten und kehrten den Dreck von einer Ecke in die andere ...

Was sich so alles bei den Schweinehirts tat

Ach, wie hatte sich doch das Leben von Säufried und Wiltrude geändert!

Die Wahl zum Oberhaupt von Schilda war dem Schweinehirten sehr wohl bekommen. „Mir geht es schweinisch gut!“, sagte er ein ums andere Mal.

„Rede gefälligst, wie es einem Schultheißen gebührt!“, schimpfte ihn dann seine Frau. „Ich rede ja auch nicht wie eine leibhaftige Sau, oder?“

Säufried zog es vor, in solchen Situationen zu schweigen. Er wusste nur zu gut, dass Wiltrude fürchterlich ausfallend werden konnte. Außerdem war er neuerdings tatsächlich – zumindest für einige Momente – von Anstand und Würde durchdrungen.

„Ich habe eine ehrenvolle Aufgabe übertragen bekommen“, mahnte er sich. „Die muss ich ehrgeizig ehrenhaft erfüllen. Da wird mir kein Schwein reinpfuschen!“

Und damit auch alles den rechten Rahmen bekam, ließ er nicht nur seine Lieblingsferkel porträtieren. „Auch mein edler Kopf soll der Nachwelt erhalten bleiben“, sagte er Liebwin, dem Maler. „Mal ein würdevolles Gemälde von mir!“

Die Gattin des neuen Schultheißen war nicht minder um Wirkung bemüht. Die Schneiderin musste unzählige Meter von feinstem Stoff vernähen, damit Frau Schultheiß II. auch fein ausgestattet war.

„Ich will die Schönste in diesem Land sein!“, sprach sie und versuchte sich im Spiegel zu betrachten.

„Grunz!“, machte Säufried und sagte kein Wort.

„Grunz!“, machten auch einige Schweine, die sich über das neue Lebensgefühl bei Schweinehirts zu wundern schienen.

Diese alte Schachtel! Diese miese fiese Zicke!, dachte Frau Schultheiß I., als sie durch das sah, was man bei Schweinehirts eine Türe nannte.

Und dann wurde es ernst für alle Schildbürger und besonders die Schweinehirts. Die Ankunft des Kaisers nahte und alle Vorbereitungen mussten aufs Närrischste getroffen sein. So manchem war allerdings längst nicht mehr klar, ob er nun den Narren spielte oder schon einer war ...

Aber jedem war klar, dass sich schon bald das Schicksal Schildas entscheiden würde. Wehe, der Kaiser befand, dass die Herren Schildbürger durch Wissen oder gar Weisheit glänzten! Gewiss würde er keinen Tag zögern und sogleich einige Herren als Berater an seinen Hof berufen.

Und das wollten alle verhindern. Genauer gesagt: fast alle ...

Denn zwei Narren bemühten sich mit allem Ehrgeiz dem Kaiser zu gefallen. Sie übten und übten um nur ja die höfischen Sitten zu beherrschen.

„Jetzt üben wir den Hofknicks!“, befahl Säufried. Er fühlte sich als Fachmann für diese Dinge. Schließlich hatte er schon einige Zeit am Hofe verbracht – wenngleich mehr im Schweinestall als im Prunksaal ...

„Auf geht es, Wiltrude!“, befahl Säufried.

Die wilde Trude ging mit Galanz in die Knie und säuselte: „Meine Exzellenz, verwehrter Kaiser!"

„Falsch!", sagte Säufried.

„Deine Exzellenz, verwirrter Kaiser!", säuselte Wiltrude.

„Falsch!", sagte Säufried.

„Unsere Exzellenz, verliebter Kaiser!", säuselte Wiltrude.

„Schon besser!", sagte Säufried.

„Unser Kaiser! Verbohrte Exzellenz!", säuselte Wiltrude mit besonderer Hingabe.

„Ja, so stimmt es, glaube ich", beschied Säufried und schüttelte seine steif gewordenen Glieder.

„Säuisch schwer!", säuselte Wiltrude.

Anschließend war die Probe für die Begrüßungsrede angesagt. Wiltrude musste den Spiegel halten und soufflieren.

„Verliebter, lieber Kaiser du!", begann der frisch gewählte Schult-heiß. „Wir lieben dich alle heiß und innig und wollen alle ganz lieb zu dir sein. Ich bin der Liebste. Deshalb waren die Schweineherren ... äh ... die Ratsherren auch so lieb, mich zu ihrem geliebten Liebheiß ... äh ... Schultheiß zu wählen."

O Säufried ... was hast du doch für ein treuherziges Gemüt! Wenn du wüsstest, warum die Schildbürger gerade dich zum Schultheißen erkoren haben! Lange, lange hatten sie in geheimer Sitzung beraten. Wer kann wohl die närrischste Rede halten? Wer kann vor allem eine närrisch schlechte Rede halten? Alle Männer von Schilda wurden in Erwägung gezogen. Und alle mussten wieder verworfen werden. Schließlich blieb nur einer übrig: Säufried! Und es soll auch nicht verschwiegen werden: Der gute Säufried mühte sich! Er übte sich in der Redekunst nicht nur vor seiner Frau. Nein! Er tat es auch heimlich vor den Schweinen ...

Besonders glücklich allerdings war der Schweinehirt und Schultheiß, wenn es galt den Festtanz zu üben. Mit Galanz und Hingabe schwang er sein Tanzbein. Und sein Herz klopfte dabei so verliebt wie vor Urzeiten, als er vergeblich begonnen hatte seine wilde Trude zu bändigen.

Schwieriger wurde es mit dem Probeessen. Denn bei Schweinehirts haperte es mit den Tischsitten gehörig.

„Bei Kaisers geht es mindestens so fein wie bei uns zu“, stellte Wiltrude kundig fest. „Wir dürfen unser berühmtes Schilda nicht blamieren. Es reicht schon, was die anderen sich leisten.“

„Grunz!“, machte Säufried. Er hatte so seine Probleme mit den Gerätschaften. Und vor allem wollte er nicht einsehen, warum er seine bewährten Geräusche bei Tische aufgeben sollte. Das Schlecken, Schlürfen und Schmatzen und noch einiges mehr klang in seinen Ohren wie vertraute Tafelmusik.

„Und Musik fördert die Verdauung!“, sagte er entschieden. „Darauf kannst du einen grunzen.“

„Du Saukerl! Du Schweinepriester!“, schimpfte Wiltrude, während sie ihren Teller mit einem Löffel bearbeitete. „Jedes Ferkel benimmt sich menschlicher als du. Da musst du dich ja nicht schweinischer als ein Mensch benehmen. Oder?“

„Grunz!“ machte Säufried und kämpfte mit einer Erbse.

Was dem Kaiser von Utopia so alles geboten wurde

Dann endlich war es soweit: Die Schildbürger hatten gerade ihre Vorbereitungen abgeschlossen. Der ganze Ort war gehörig durcheinander gebracht. Und auch in den Köpfen der Einwohner sah es nicht viel anders aus.

„Diesen Besuch soll der alte Kaiser sein Lebtag nicht vergessen!“, hatte man sich geschworen. Und damit der höchste Herr des Landes auch von Beginn an den rechten Eindruck von seinen berühmten Untertanen bekam, wurde ein Begrüßungskomitee vor das Stadttor geschickt.

Doch was geschah? Das kaiserliche Pferd scheute und sein Reiter ebenso!

„Wo bin ich hingeraten? Das sollen meine Untertanen sein? Das sollen die weltberühmten Schildbürger sein?!“

Dem Kaiser fielen fast die Ohren ab bei diesem Spektakel:

Da schmetterte die Wirtin Othilde eine Arie, mit der sie jedes Opernhaus leer gefegt hätte! Da blies Bäcker Dagomar aus allen Löchern, dass es nur so schepperte!

Da entzückte Humbert, der Wirt, mit den schrägsten orientalischen Klängen. Und da trommelte Pfarrer Justinianus heiße afrikanische Rhythmen auf seiner Buschtrommel! Natürlich fehlte auch nicht das frisch gewählte Oberhaupt von Schilda!

Mit einem gekonnten Hofknicks und wohl geübten Worten hießen die beiden den Kaiser willkommen:

„Im Namen aller Schweinebürger ... äh ... aller Schweine und Bürger von Schilda heißen wir Sie, unser verzerrtes ... äh ... verwirrtes ... äh ... verehrtes Oberhaupt herzhaft willkommen!"

Ein höchst seltsames Völkchen und ein sehr sympathischer Schult-heiß!, hatte sich der Kaiser gesagt und gute Miene zum lustigen Spiel gemacht.

Und bevor es zu den großen Feierlichkeiten kam, war der wohlbeleibte Kaiser einer persönlichen Einladung von Säufried in den Schweinestall gefolgt. Dabei war es dem neuen Schultheißen vor lauter Aufregung zunächst ziemlich schlecht gegangen:

Kein Wort fiel ihm mehr ein! Ja: Sogar sein eigener Name war ihm entfallen!

Nach diesem schwierigen Beginn lief der Schweinehirt und Schultheiß zu großer Form auf.

Vergessen waren Wiltrudes gute Ratschläge, dem Kaiser nur ja immer das erste und das letzte Wort zu lassen. Vergessen auch die Absicht, wenigstens für diesen Tag nicht von den schweinischen, sondern nur von den menschlichen Bewohnern Schildas zu sprechen.

„Ich sehe da nämlich nicht so einen deutlichen Unterschied", erklärte Säufried. „Kein Schwein regt sich darüber auf, wenn ich ‚Mensch' zu ihm sage! Dann ist es doch nur billig und recht, wenn ich den Menschen manchmal auch als ‚Schwein' bezeichne. Oder, Herr Kaiser!"

„Das Thema interessiert mich brennend, Herr Schultheiß!", antwortete der Kaiser. „Auch ich mache mir so meine Gedanken."

„Das interessiert hier kein Schwein!", unterbrach ihn Säufried. Sie führen Ihr Leben. Die Schweine führen auch ihr Leben. Aber wir Schildbürger führen nicht Ihr Leben und auch nicht ihr Leben, sondern unser Leben. Und das ist manchmal sauschwer. Das kann ich Ihnen grunzen!"

„Ich hörte davon", sagte der Kaiser etwas verwirrt. „Es liegt wohl daran, dass ihr Schildbürger so viel nachdenkt, oder?"

„Kein Schwein denkt mehr nach als wir, das stimmt", pflichtete Säufried dem Kaiser bei. Und wahrscheinlich deshalb werden wir Schildbürger genauso wie die Schweine verkannt."

„Da möchte ich aber entschieden widersprechen", protestierte der Kaiser. „Ich bin gekommen, um ..."

„Das will keine Sau hören!", unterbrach ihn Säufried. „Ich will Ihnen aber erklären, warum wir alle Schweine dieser Welt schätzen und nicht unterschätzen sollten."

Der Kaiser zog ein missmutiges Gesicht und sagte: „Darf ich Sie dennoch darum bitten, mich nicht immer zu unter ..."

Erneut unterbrach Säufried den Kaiser: „Unter ... Unter ... Unterwürfigkeit. Genau davon wollte ich gerade sprechen."

Der Kaiser merkte, dass es schwierig war den Redefluss des Schultheißen zu bremsen. Er zog es deshalb vor zu schweigen.

Stattdessen setzte Säufried zu einer großen Rede an: „Wenn ich mich so unter meinen Lieben umschaue, so muss ich sagen: Ich kenne kein Schwein außer dem Schwein, das so unterwürfig ist. Keine Sau außer der Sau bietet ihre Dienste so großzügig dem Menschen an!

Sehen Sie nur: Sie fressen unsere Abfälle und als Dank stellen sie sich ganz selbstlos als Steaks, Koteletts, Eisbein und Braten zur

Verfügung. Damit nicht genug! Manche sind sich nicht einmal zu schade uns als Gehacktes oder gar als Schmalz zu Diensten zu sein."

„Das nennt man wahre Untertänigkeit", bemerkte der Kaiser mit Kennermiene.

„Es ist mehr als das!", belehrte Säufried den Kaiser. „Es ist die reine Liebe. Und das, obwohl unter Schweinen auch ganz andere Meinungen kursieren."

„Wie das?", fragte der Kaiser neugierig.

„Ich habe den Schweinen gelauscht bei ihren Zwiegesprächen", erklärte Säufried. „Hinter so manchem schweinischen Grunzer steckt nicht nur Zustimmung."

„Was haben Sie erforscht, verehrter Herr Schweinefried?", fragte der Kaiser voller Interesse.

„Säufried, wenn ich bitten darf!", verbesserte Säufried den Kaiser.

Dann setzte er ein besonders gewichtiges Gesicht auf und sprach: „Meine Schweinesprachforschungen haben ergeben, dass sich die Schweine über uns lustig machen! Sie sind der Meinung, der Mensch habe nur ein Spatzengehirn. Weil er wie die Spatzen auf nur zwei Beinen gehe, habe er auch nicht mehr im Kopf als die süßen Vögelchen. Und im Gegensatz zu den Spatzen, so sagen die Schweine, könne der Mensch nicht einmal fliegen!"

„Das ist hart!", sagte der Kaiser tief betroffen. „Ich beginne die Natur mit ganz anderen Augen zu sehen."

„Das mach ich schon lange", sagte Säufried.

„Sie sind einfach Spitze, Herr Schweinefried!"

Nach dieser überaus tiefsinnigen und anstrengenden Diskus-

sion wurde dem Kaiser großes Programm geboten.

Ganz Schilda war auf den Beinen. Und ein jeder wollte seinen närrischen Beitrag leisten. Am furiosesten ging es vor, auf und unter der Bühne zu. „Auf was habe ich mich da eingelassen?“, stöhnte Alwis. Er hockte gleich unter den Planken und sollte soufflieren. Aber er verstand weder sein eigenes Wort noch das der Schauspieler. Alle schrien, ächzten, wüteten oder lachten gleichzeitig. Und es schien so, als ob jeder sein eigenes Stück spielte.

So gab es also Lust-, Trauer- und Schauerspiel in einem – untermalt von einer ausgefallenen musikalischen Darbietung.

Der Einzige, der anscheinend einigermaßen die Übersicht bewahrte, war Richbert. Sein Ansinnen war es, mit seiner

neuen Prachtfrisur dem Kaiser, seinen Mitbürgern und vor allem sich selbst zu gefallen. Und dazu war das laute Getön von Dagomar und Othilde gerade recht.

„O Kaiser, unser Ein und Nichts!", trällerte die Wirtin ihre Arie,

„Wie prachtvoll bist du von Gesichts!
Wir loben dich und noch mehr uns,
mit aller Inbrunst und Gegrunz."

Ich sollte nur noch Opern schreiben!, sagte sich Säufried hochzufrieden. Mit einem Ohr lauschte er dem begeisterten Klatschen des Kaisers und seiner Gattin. Mit dem anderen versuchte er den Text von Justinianus zu verstehen:

„O! O! O! Wo? Wo? Wo?", klagte dieser voller Wehleid.

„Ist sie? Die! Die! Die!
Die ich liebe fast mehr als mich.
Dich und mich! O!
Mich und dich! O!
So ... so ... so inniglich!"

Aber wer konnte das Spektakel überhaupt nicht ertragen? Wer ärgerte sich in allen Farben? Mechthilde, die ehemalige Schultheißin! Sie hatte unbeschreibliche Wut auf ihre wohl behütete Nachfolgerin und sie schwor schlimmste, böseste Rache!

Und dann endlich hatten die Damen ihren großen Auftritt! Sie wollten beweisen, dass nicht nur die Männer von Schilda weltmännisch, sondern auch die Frauen durchaus weltfräuisch auftreten konnten. Und man darf es nicht verheimlichen: Nirgendwo sonst war je zuvor eine so glanzvolle Modenschau geboten worden.

Die Schneiderin Friedelinde hatte feinstes Obst und Gemüse nicht nur als Kopfschmuck gewählt. Nein sie wollte auch ihre anderen Körperteile wohl zur Geltung bringen. Und entsprechend erhaben stolzierte sie über den Laufsteg.

Die vor ihr schreitende Othilde stand ihr in nichts nach. Sie hatte sich nun doch von der Orientbegeisterung ihres Gatten anstecken lassen. Und so war ihr eine modische Kreation eingefallen, die ihresgleichen suchte.

Zu aller Überraschung war auch der alten Witwe eine Verkleidung von auserlesenem Geschmack gelungen. Denn wie man weiß, litt sie nicht mehr unter dem Tod ihres längst verstorbenen Mannes. Im Gegenteil! Sie litt unter Liebeskummer, weil der alte

Burgvogt ihr Sehnen schlichtweg übersah.

Diese zwei weiter hinten andere Probleme:

Die, die sich einstmals nur Schweinehirtin nennen durfte, konnte vor Aufregung und Stolz kaum gehen. Zudem hatte sie gewisse Probleme mit dem Sehen ...

Viel schlimmer aber war die Rachsucht der hinter ihr einhergehenden Mechthilde. Sie konnte einfach nicht verwinden, dass Wiltrude nun die Ehre der Schultheißengattin genießen konnte. Man sollte es lieber nicht erzählen ... denn Mechthilde tat Bösartiges! Mit der Folge, dass Wiltrude direkt vor den Augen des Kaisers halb entblößt wurde ... Währenddessen war das Staatsoberhaupt schwer ins Grübeln gekommen.

Was fange ich nur mit diesen Typen an? Es sind so außerordentliche Wesen, diese Schildbürger! Man muss sie schützen und schonen und keiner darf ihnen etwas zu Leide tun!

Möglicherweise tat es ihnen auch nicht gut in aller Welt verstreut gewesen zu sein. Und ihren Frauen schon gar nicht ... wie man sieht!

Und nach langem anstrengenden Nachdenken kam ihm ein grandioser Gedanke:

Auf dem bevorstehenden Festmahl werde ich ihnen den Narrenbrief überreichen. In ihm soll den Schildbürgern gewährt sein Possen und Narreteien treiben zu dürfen, wann und so oft sie mögen.

Und so tat er, der gute alte Kaiser:

Was sich eine Frau aus Schilda alles so erträumte

Nachdem der Kaiser nach einigen vergnüglichen Tagen Schilda verlassen hatte, kehrte der Alltag wieder ein.

Doch was heißt hier Alltag? Was ein echter Schildbürger ist, der macht aus einem Tag möglichst zwei. Und aus denen wiederum macht er das Beste oder noch mehr. „Denn das Beste ist noch lange nicht gut genug für uns“, sagte man in Schilda. „Und das Zweitbeste ist kaum besser als das Zweitschlechteste. Also bessern wir das Beste mindestens zum Allerbesten auf. Besser so als wie anderswo!“, endeten dann meis-tens die Diskussionen über das Beste.

Und seitdem die Schildbürger den Narrenbrief vom Kaiser erhalten hatten, war ihnen sowieso keine Narretei närrisch genug. Von morgens bis abends spielten sie verrückt und trieben ihre Schelmereien. So manches darf man gar nicht erzählen. Denn inzwischen hatten die Schildbürger – gelinde gesagt – ein wenig den Überblick verloren. Waren anfangs die Narreteien noch ein Trick gewesen um nicht mehr von zu Hause wegzumüssen, so schienen sich die Schildbürger inzwischen selbst auszutricksen. Einiges, was noch wie Possenspiel aussah, war längst schlichte Torheit. Und was das Tollste daran war: Keiner merkte es! Im Gegenteil: Die Schildbürger versuchten sich gegenseitig mit Verrücktheiten zu übertreffen. Und dabei ging es zuweilen nicht ganz ohne Schaden oder gar Prügel ab.

Zum Beispiel die Sache mit den Beinen:

Die guten Schildbürger waren allesamt inzwischen zu Reitern geworden. Jeder hatte sein Steckenpferd. Und damit galoppierten sie durch die Umgebung, kehrten irgendwo ein, tranken einen oder auch zwei über den Durst und wunderten sich, dass sie irgendwann nicht mehr wussten, wo ihnen die Beine gewachsen waren.

„Wir suchen unsere Beine! Können Sie uns dabei helfen?", fragten sie einen Fremden, der die angetrunkenen Schildbürger kreuz und quer über eine Wiese rennen sah.

„Gern!", sagte der Fremde. Er nahm sich einen Prügel und drosch kräftig auf jeden Schildbürger ein, der in seine Nähe kam.

Die Schildbürger rannten schreiend davon. Und indem sie davoneilten, merkten sie, dass sie sich auf ihren eigenen Beinen fortbewegten.

Ganz anderes ist über diese Dame hier zu berichten:

Adelgunde, die alte Witwe, führte ihr eigenes Leben und hatte ihre eigenen Träume. Wie die anderen Frauen von Schilda war natürlich auch sie längst vom ansteckenden Narrenfieber erfasst. Zugleich aber litt sie auch unter dem Liebesfieber: Bernward, der gute alte Burgvogt, wollte ihr einfach nicht aus dem Kopf! „Wie kann ich nur das Herz des lieben Bernis gewinnen?", fragte sie sich und ihre Hühner immer wieder. „Vielleicht erhört und nimmt er mich, wenn ich reich bin!", überlegte sie.

Die Antwort der Hühner half ihr nicht weiter. Aber auch in ihrem Kopf gackerte es ...

Und als sie eines Tages mit einem großen Korb Eiern auf dem Weg zum Markt war, hatte sie sozusagen eine närrische Erleuchtung: „Ich muss ja nur meine Eier günstig an den Mann oder besser gesagt: an die Frau bringen! Dann kauf ich mir für den Erlös mindestens vier Hennen und einen kräftigen Gockel dazu. Wenn die dann anfangen tüchtig zu legen, dann gibt es sozusagen eine Eierschwemme. Ich warte ein wenig, bis ich einen Riesenberg Eier zusammenhab.

Den trag ich dann auch wieder zum Markt und verkaufe ihn gegen Höchstgebot. Danach mache ich was Superschlaues! Ich kaufe nämlich keine Hühner mehr, sondern viele kleine Gänschen! Die lass' ich dann zu fetten Gänsen gedeihen. Zwischendurch gibt's dann auch noch schöne große Gänseeier. Davon trage ich so dann und wann vielleicht mal eins auf die Burg zu meinem Berni. Vielleicht mag er die. Und wenn er die mag, dann mag er vielleicht auch die, die ihn so liebevoll beschenkt. Und wenn ich dann

ganz beglückt zu meinen Gänsen zurückkomme, sind die wieder ein bisschen fetter geworden. Und mit diesen fetten Braten gehe ich wieder zum Markt. Da werden sie sich dann reißen um meine Tiere und die Geldbeutel werden nur so klingeln!"

Hier machte Adelgunde eine Denkpause. Genüsslich malte sie sich aus, wie sie die Taler und Dukaten vorwärts und rückwärts zählen und endlich dabei das Kopfrechnen mal wieder etwas üben würde.

„Sie werden sich alle wundern in Schilda, wenn ich plötzlich nicht nur bis zehn zählen kann!", sagte die Witwe beglückt zu sich selbst und geriet sogleich wieder ins Träumen:

„Mit dem Geld werde ich den Kauf meines Lebens machen!", sagte sie laut und merkte gar nicht, dass sie unentwegt mit sich selbst sprach.

„Ich werde mir ein paar herzige kleine Ferkelchen zulegen und vielleicht auch noch ein Zicklein. Die werd ich dann hegen und pflegen, als ob's mein geliebter Berni wäre. Sie werden wachsen und gedeihen und schließlich habe ich einen ausgewachsenen Ziegenbock und ein paar kräftige fette Säue. Die werfen dann wieder ein paar süße Ferkelchen. Und mit diesem Saustall werde ich dann zum Markt ziehen und das Geschäft meines Lebens machen!"

Hier schnalzte die Witwe genüsslich mit der Zunge und

es klang fast so, als ob es eine leibhaftige Stute gewesen wäre.

„Von dem Erlös erstehe ich mindestens ein Kälbchen!", träumte Adelgunde laut. „Und nicht weniger als ein Fohlen! Diese meine Tiere füttere und pflege ich dann zu kräftigen ausgewachsenen Muttertieren. Und die werfen dann munter, bis Adele einen Stall voller Kühe und eine Weide voller Pferde hat."

Hier machte die Witwe erneut eine Träumpause. Mit Wohlgefühlen genoss sie das Bild von einer großen Herde Pferde und das vielstimmige Muhen aus dem Kuhstall.

Doch die Pause währte nicht lange. Die Traumwolken trugen Adelgunde davon. Längst hatte sie alle Tiere mit großem Gewinn verkauft. Und der Kauf ihres Lebens stand Stein für Stein vor ihren Augen.

„Es wird ein prächtiges Haus sein!", sprach die Witwe laut vor sich hin. „Es wird an nichts fehlen und die Einrichtung wird vom Feinsten sein!"

Und dann malte Adelgunde sich aus, wie sie die Zimmer einrichten würde und Himmelbetten aufstellen würde ... eines schöner als das andere, eines kuscheliger als das andere ...

„Jeden Tag können Berni und ich in einem anderen Zimmer verbringen!“, schwärmte Adelgunde. „Und am Sonntag verziehen wir uns in die Mansarde und sind für niemanden zu sprechen.“

So fantasierte die Witwe vor sich hin und sah im Geiste einen feinen Herrn mit pelzdrapiertem Mantel auf sich zukommen.

„Darf ich um die Hand der Gnädigsten bitten?“, fragte der Unbekannte mit tiefer adeliger Stimme. Adelgunde errötete bis in die tiefste Hautfalte.

„Sie überraschen mich, mein Herr!“, sprach sie ganz verlegen und hielt mit kokettem Griff den Saum ihres Kleides.

„Dies war ganz meine Absicht“, sprach der Fremde und sah sie mit gierigem Blick an. „Ihr Haus gefällt mir. Schon immer wollte ich so leben. Meine Anverwandten sind berühmt. Aber sie haben Haus und Hof verspielt und nun muss ich nach Neuem Ausschau halten.“

„Meinen Sie mich oder das Haus?“, fragte die gutmütige Adelgunde verunsichert.

„Lass dir nichts einreden von diesem Scharlatan! Er will dich betrügen!“, sagte plötzlich eine andere Stimme.

Adelgunde fiel aus allen Wolken und ließ vor Überraschung den Eierkorb fallen:

Das war doch Bernis Stimme!

In der Tat: Da stand tatsächlich der Burgvogt Bernward höchstpersönlich! Verdutzt betrachtete er die vor ihm sitzende Witwe:

„Entschuldigen Sie, wenn ich Ihnen aufgelauert und Sie erschreckt habe!“, sagte Bernward freundlich.

„Ach … o … i … wo“, stotterte die Witwe und rappelte sich auf. „Ich bin nur gestolpert.“

„Ich hörte Sie mit zwei Stimmen reden“, sagte Bernward, „und da wusste ich nicht, ob ich mich einmischen dürfte.“

„Sie dürfen, lieber Bernward! Sie dürfen!“, sagte Adelgunde verlegen. Sie sah, dass Bernward etwas hinter dem Rücken versteckt hielt und das machte sie ganz fipsig.

„Sie dürfen auch du zu mir sagen, lieber Bernward!“, sagte sie, indem sie ihren

ganzen Mut zusammenkratzte.

Nun war es der Burgvogt, der errötete: „Dies hab ich mir in meinen kühnsten Träumen manchmal ausgemalt und dabei ist mir ganz wohl ums Herz geworden. Hier, für dich, geliebte Adelgunde!“

Und er überreichte der Witwe einen Strauß selbst gepflückter Feldblumen.

„O Berni!“

„O Adele!“

Die zwei verstummten und fielen sich in die Arme. Die Umarmung dauerte lange, sehr lange. Dann nahm der Berni seine Adele und führte sie zu seiner Burg. „Leiste mir Gesellschaft dort oben. Ich möchte dich glücklich machen, geliebtes Adelchen!“

„Aber was sollen die anderen in Schilda von uns denken?“, flüsterte die Witwe.

„Die sind sowieso nicht mehr ganz bei Troste, die merken das gar nicht“, sagte Bernward.

Was die Schildbürger beim Versenken einer Glocke erlebten

Der Burgvogt hatte Recht gehabt mit seiner Feststellung: Die Schildbürger trieben inzwischen eine Verrücktheit nach der anderen.

Und längst waren auch die vom Närrischsein erfasst, von denen in diesem Buch nicht so oft die Rede ist: all die, die es mehr innerhalb ihrer vier Wände trieben. All die, die sich nicht in den Suppentopf blicken ließen, weil sie Angst hatten, nur vom Hinschauen würde die Suppe schon verschwinden.

Da gab es zum Beispiel zwei ganz Schlaue, die wollten einen Handel machen. Beide fühlten sich nicht mehr wohl in ihren

SCHILDA
ANNO
1553

Häuschen und so war nichts nahe liegender, als einfach den Wohnsitz zu tauschen.

Doch was taten die zwei statt ganz einfach einen Umzug zu veranstalten? Ein jeder riss sein Häuschen Stein für Stein ab und trug es so zu seinem Tauschpartner!

Und so standen sie nach vielen Wochen harter Arbeit beide vor einem großen Steinhaufen und hatten kein Dach mehr über dem Kopf.

Ein ähnliches Missgeschick ließ sich ahnen, als sich die Schildbürger entschlossen die Kirchenglocke abzubauen.

Der Anlass war ein verständlicher: Es war den Schildbürgern zu Ohren gekommen, dass wieder einmal ein Verrückter mit Krieg drohte.

„Nur Narren ziehen in den Krieg!“, hatte Säufried, der Schweinehirt und Schultheiß, verkündet. Natürlich wollte auch er nicht in den Krieg ziehen. Aber er hatte vergessen, dass auch ihm vom Kaiser der Narrenbrief verliehen war.

„Auch Narren ziehen nicht in den Krieg!“, hatte ihn deshalb Alwis, der alte Weise verbessert.

„Und Frauen schon gar nicht!“, hatten die Schildbürgerinnen hinzugefügt.

Trotzdem sahen die Schildbürger einige Probleme auf sich zukommen. Zum Beispiel war es üble Sitte damals, dass alles, was aus Eisen war, eingeschmolzen wurde um daraus Kanonen zu bauen.

„Unsere Glocke kriegen sie nicht!“, wurde deshalb auf einer Ratssitzung beschlossen und sogleich mit dem Abbau des klingenden Guts begonnen.

Dass es dabei mal wieder ziemlich närrisch zuging, lässt sich unschwer erraten.

„Unser guter Justinianus hat den Boden unter den Füßen verloren!“, riefen einige entsetzt.

„Besser als den Verstand!“, riefen andere erleichtert.

Und dann waren sie mit dem Boot unterwegs, der harte Kern der Schildbürger!

Richbert, der Barbier, saß am Steuer. Säufried, der neue Schultheiß, trug die schwere Verantwortung als Kapitän. Pfarrer Justinianus war vor allem damit beschäftigt, Beistand vom Himmel zu erflehen. Humbert, der Wirt, hatte das Glockenversenkkommando übernommen. Bäcker Dagomar hielt voller Eifer nach sichtbaren und unsichtbaren Feinden Ausschau. Und Liebwin, der Maler, trat erst zu dem Zeitpunkt in Aktion, als die Glocke versenkt werden sollte: Er musste ein Kreuzzeichen genau dort ans Boot malen, wo die Glocke in der Tiefe des Sees verschwand.

Warum?, werdet ihr fragen.

Ganz einfach: Es war der Beschluss einer stundenlangen Ratssitzung in Schilda gewesen!

Auf diese Weise gedachte man später die Stelle wiederzufinden, wo man die Glocke versenkt hatte ...

Und endlich war es soweit!

„Glockengeheimversenkkommandomannschaft: halt!“, rief der Kapitän von achtern.

„Die Luft ist rein!“, meldete der Ausguck. „Alle Feinde haben sich vor uns versteckt!“

„Markierung ausgeführt!“, grunzte Liebwin.

„O Himmel!“, flehte Justinianus.

„Glocke und Adalwin über Bord!“, kam das Kommando von Steuerbord.

Es währte nur Sekunden und die teure Glocke war verschwunden. Adalwin allerdings, der die Tiefe loten sollte, war schnell wieder an Bord.

„Ein Walfisch hat mich gezwickt!“, rief er schreckensbleich und wurde von den anderen getröstet. Bald darauf waren die Schildbürger auf der Heimfahrt. Es dämmerte schon, die Sonne war fast unter- und der Mond schon längst aufgegangen.

MORBY
K
SCHILDA
ANNO
1553

MOBBY DICK

„Lasst uns noch ein wenig auf See verweilen!“, schlug Säufried vor.

„Keine Maus in Sichtweite!“, meldete Ausguck Dagomar zur Beruhigung aller.

Dennoch war größte Unruhe an Bord entstanden.

„Der Mond! Der Mond ist ins Wasser gefallen!“, hatte Liebwin mit Entsetzen festgestellt und sogleich die Angel ausgeworfen.

„Fang ihn! Fang ihn! Sonst geht er unter!“, schrie Säufried.

Und zur Sicherheit befahl er dem wasserscheuen Richbert, dem Mond mit dem Netz zu Leibe zu rücken. Ganz andere Sorgen hatte Humbert: „Genau hier muss sie sein, Adi!“, rief er dem früheren Schultheiß zu.

„Das kann doch nicht sein, Humpi!“, rief der Schultheiß aus dem Wasser zurück. „Wir sind doch schon stundenlang heimwärts gerudert!“

„Aber Adi!“, rief der Wirt. „Humpi ist doch nicht blöde! Hier ist doch das Kreuz – also ist hier auch die Glocke!“

Ein anderer blickte mal wieder gen Himmel: „Mich dünkt, der Mond schaut heute anders aus als sonst“, murmelte Justinianus verwirrt.

Uns dünkt, die Schildbürger spinnen, dachten sich hingegen der Mann im Mond und die Frau in der Sonne.

Wie die Schildbürger eine Olympiade veranstalteten

Was ist nur aus unseren Schildbürgern geworden?, fragten auch die Schildbürgerinnen.

Nun hatten sie es wieder daheim, das „starke Geschlecht“ ... aber was taten sie, „die Herren der Schöpfung“? Sie lungerten herum, sie lumpten herum, sie waren für nichts mehr zu gebrauchen ... „Nichtstun ist besser als Garnichtstun!“, hieß eine viel beachtete Parole in Schilda.

„Morgenstund hat Gold im Mund, aber Arbeiten ist ungesund!“, lautete ein anderes Motto. „Mit Fleiß kein Preis!“, hieß eine weise Erkenntnis. Und: „Was du heute kannst besorgen, das verschiebe gleich auf übermorgen!“, war der Satz, nach dem sich alle bis auf Alwis richteten.

„Hört endlich auf eure Frauen!“, mahnte der alte Weise und fand noch kein Gehör.

Nicht, dass die Frauen fleißiger gewesen wären. Keineswegs! Aber sie hatten sich wieder einmal einen Rest Klarheit und Durchblick bewahrt und den wollten sie so bald wie möglich zur Anwendung bringen. Am besten jedoch ging es in Schilda ohne Zweifel den Mäusen. Seit Adelgunde bei ihrem Bernward auf der Burg weilte, fühlten sie sich besonders wohl und vermehrten sich und vermehrten sich ... Mit bösen Folgen, wie sich bald herausstellen sollte.

Zunächst einmal aber gab es Sensationelles zu berichten: In

Schilda sollte eine Olympiade stattfinden! Wie es dazu kam? Man mag es kaum glauben, aber es bleibt einem keine andere Wahl!

Die Schildbürgerinnen nämlich hatten die Schlaffheit ihrer Männer endgültig satt. Und als alles Nörgeln und Meckern nichts mehr nützte, da schritten sie zur Tat: In einem Handstreich erstürmten sie das Rathaus und verlangten an dem, was die Männer „Große Ratssitzung“ nannten, teilzunehmen. Anfangs sträubten sie sich noch, die Herren Richbert und Humbert, Liebwin und Adalwin, Ottfried und Säufried und wie sie alle hießen.

Als aber die Frauen drohten, einen ersten weiblichen Schultheiß zu wählen ... da wurde den Herren mulmig. Plötzlich waren sie bereit alle Klagen ihrer Frauen anzuhören. Und mit einem Male hatten sie selbst Ideen, wie man dem ewigen Gefaulenze ein Ende bereiten könnte:

„Wir halten jeden Tag eine Ratssitzung ab!“, war der erste Vorschlag.

„Wir eröffnen ein paar neue Kneipen!“, schlugen dann einige vor.

„Wir machen eine Schlafkur, damit uns wieder was einfällt!“, riet der Wirt.

„Wir taufen die ‚Faulheit‘ in ‚Fleiß‘ und den ‚Fleiß‘ in ‚Faulheit‘ um und schon ist das Problem gelöst!“, schlug Justinianus vor.

Dann meldete sich der ehemalige Schweinehirt zu Wort. Mit feierlicher Stimme verkündete Säufried einen anderen Vorschlag:

„Meine erschwerten Ratsherren! Wir haben nur eine Chance. Wir machen es den verehrten Schweinen nach: Wir wühlen im Dreck. Wir fressen alles weg. Wir sorgen für Speck. Und bevor uns jemand schlachten will, rennen wir wieder weg!“

Es kam nicht zur Abstimmung über diesen Vorschlag, weil ausgerechnet Säufrieds Ehefrau Wiltrude mit einer sensationellen Idee dagegenhielt:

„Das ist alles Schweinkram!“, erregte sie sich.

„Wir müssen das Problem mit dem scharfen Verstand eines Wildschweines angehen. Schon die edlen Schweine im Altertum sagten:

‚Nur in einem gesunden Körper lebt ein gesunder Geist!‘ Und so veranstalteten

sie Olympiaden zur Ertüchtigung des Körpers und alle fühlten sich sauwohl dabei. Und genau das sollten wir auch machen!"

„Die wilde Trude ist die Größte!" – „Das ist die Wahnsinnsidee!" – „Wir veranstalten die nullte Olympiade der Neuzeit!"

Und bevor einer der Männer Einspruch erheben konnte, hatten die Schildbürgerinnen abgestimmt und die männlichen Schildbürger zum gemeinsamen Training nach draußen gejagt.

Natürlich verbreitete sich die Neuigkeit wie ein Lauffeuer. Schon bald standen die ersten Sportler kampfbereit vor den Stadttoren Schildas und begehrten Einlass: der berühmte Ballspieler Clausthaler aus dem fernen Bayern-

land zum Beispiel und so mancher Athlet auch aus anderen Kontinenten. Aber auch Reporter wie Big Mäc und Long Günther ...

Doch die Schildbürger waren bockig: „Teilnehmen darf nur, wer ein echter Schildbürger ist!"

Und das waren damals noch sehr wenige ...

Und dann ging es rund in Schilda. Ein jeder Bürger war plötzlich vom Ehrgeiz gepackt. Keiner wollte nur Zuschauer sein bei der nullten Olympiade der Neuzeit. Alle waren auf den Beinen um die Muskeln zu stärken, die Ausdauer zu trainieren und die Geschicklichkeit zu verbessern.

Natürlich packten die Schildbürger auch dieses große Ereignis nicht ganz so an, wie es anderenorts üblich gewesen wäre.

Zunächst einmal wusste nämlich keiner, welche Disziplinen überhaupt ausgetragen werden sollten. Bei einer trunkseligen Ratssitzung hatte man fast einstimmig beschlossen diese Frage erst kurz vor den Wettkämpfen zu klären ... es sollte eben eine Überraschungs-Olympiade werden.

Eine andere Frage wurde nach harter Diskussion durch einen einstimmigen Beschluss geklärt. Othilde, die Gattin des Wirtes, erklärte mit der ihr eigenen Stimmgewalt:

„Alles, was zwei, drei oder vier Beine hat, ist startberechtigt. Alles, was weiblichen Geschlechts ist, ist gleichberechtigt"

„Seit wann denn das?", wollte ihr Gatte wissen. „Seit heute, mein lieber Humpi!", erklärte Othilde. Und mit dieser Entscheidung waren die Schildbürger ihrer Zeit weit voraus ... sehr weit sogar. Andere hingegen wollten hoch hinaus ... beispielsweise der alte Burgvogt. Seit er von Adelgunde beglückt wurde, fühlte er sich wahrlich wie im dritten Frühling.

Keine Schweißperle war ihm zu viel, keine Übung war ihm zu gewagt. Mit einem typischen Gerät seiner Zeit versuchte er Höhen zu erreichen, die noch heute für einen olympischen Startplatz genügen würden.

Adalwin, der abgesetzte Schultheiß, konnte da nur neidisch nach oben blinzeln.

„Die Schönheit der Übung ist entscheidend", rief er Humbert zu, indem er ihn mit galantem Sprung überflog.

„Mich drückt die Wampe!", knurrte der Wirt und dachte sehnsuchtsvoll an einen kräftigen Humpen, den er sich so bald wie möglich hinter die Binde gießen wollte.

Ganz anders der Barbier: Er wollte Olympiasieger in einer sehr eigenartigen Disziplin werden. Auf seinen Reisen fern durch Asia hatte er Menschen gesehen, die ihre meiste Zeit mit Sitzen, mit Schweigen, mit Nichtstun verbrachten.

„Nichtstun heißt nicht nichts tun!", hatte ein alter tibetanischer Gelehrter ihn belehrt. „Auch der, der empfängt, tut etwas. Und wenn er dazu einen, nur einen einzigen Ton singt, so tut er mehr als die, die atemlos durchs Leben hecheln und trotzdem nie an ein Ziel kommen."

Das Ziel mit dem Ton wenigstens will ich als Sieger erreichen!, hatte sich Richbert geschworen. Viel lieber hätte er zwar an einem Dauerwasserwellenmanikürekosmetikwettbewerb teilgenommen. Dummerweise jedoch blieb in letzter Zeit die Kundschaft aus in Schilda. Stattdessen kamen die Mäuse immer zahlreicher und ließen sich durch nichts mehr vertreiben. Hier nun war Richbert dies alles egal. Er saß und saß und empfing und empfing. Und merkte nicht einmal, dass neben ihm die rohen Eier einschlugen. Denn nicht weit von ihm trainierte die alte Witwe Adelgunde. Die Liebe zu ihrem Berni hatte ihr viel Schwung gegeben. Und so hatte sie sich für einen Wettbewerb entschieden, der Kraft und Geschicklichkeit zugleich erforderte: Eier-Hochwurf.

Zwar landete so manches Ei an Stellen, wo es nicht hingehörte. Aber Adelgunde war entschlossen, mindestens eine Bronzemedaille zu erringen.

„Und für die kaufe ich dann ein Kätzchen, das viele Kätzchen wirft, die wieder viele Kätzchen werfen, die dann die vielen Mäuse fressen", überlegte sie sich heimlich.

Ein anderer Schildbürger beschäftigte sich neuerdings vor allem mit Kohl. Er hatte sich in den Kopf gesetzt, den Weltrekord im Kohlstoßen zu brechen ...

Hier nun ist es soweit: Der Startruf für den ersten Wettbewerb war ertönt und gleich gab es ein großes Tohuwabohu:

Mann und Maus, Frau und Schwein und einige mehr waren unterwegs um das knackige Zielband als Erste zu erreichen.

Noch vor dem Start hatte es Ärger gegeben. Othilde hatte sich mal wieder mit ihrer Busenfeindin Mechthilde angelegt:

„Sportler in lila Klamotten sind nicht startberechtigt!", hatte sie getönt.

Die Antwort der Ex-Schultheißin war nicht gerade freundlich ausgefallen: „Du alte fette Wachtel mit der roten Fahne hast überhaupt nichts zu sagen! Kümmer dich lieber um deinen Humpi-Lumpi! Der hat nämlich mal wieder eine blaue Fahne und dürfte überhaupt nicht teilnehmen!"

Justinianus hatte anderen Ärger. Vergeblich hatte er versucht, ein Schäfchen in seiner Gemeinde zu finden, mit dem er zum Wettlauf antreten konnte. Schließlich hatte er einen alten Esel gefunden. Doch der bockte ...

Einem aus Schwarzafrika war es trotz strengster Kontrollen gelungen, in die Stadt zu kommen. Aber dann wurde er im letzten Moment am Start gehindert.

„Die haben bestimmt was gegen meine Hautfarbe!", murmelte der Schwarze. Und seltsamerweise widersprach ihm kein Schildbürger.

Das Rennen selbst verlief voller Überraschungen. Zwei Schnecken führten lange das Feld an. Sie waren schon am Vortag gestartet und wurden auch prompt wegen unerlaubten Frühstarts disqualifiziert.

Nicht besser erging es der Maus, die als Erste das Zielband unterlief. Sie wurde später wegen Dopings disqualifiziert: Seit Tagen hatte sie unerlaubterweise an den Vorräten in Humberts Kneipe genascht. Die anderen hatten wenig mit dem Ausgang des Rennens zu tun. Einer führte unangefochten! „Du Schwein!", rief die wilde Trude nicht gerade liebevoll aus aussichtsloser Position.

Sie meinte nicht ihren lieben Säufried, sondern denjenigen, auf dem der Schultheiß siegestrunken durchs Ziel ritt.

Am nächsten Tag stand einer der Höhepunkte dieser Olympiade auf dem Programm: das Alleswurfundfaustundfußballnetzturnier.

Auch hier hatte es vor Spielbeginn üble Streitereien gegeben.

„Keiner darf das Netz berühren!", hatte der Schiedsrichter als Regel verkündet.

„Alle dürfen das Netz berühren!“, hatten die Spieler verlangt und sich nach langem Disput durchgesetzt.

„Küssen während des Spiels ist strengstens verboten!“, hatte der Schiedsrichter bekannt gegeben.

„Wenn man frisch verliebt ist“, hatte Bernward protestiert, „muss es erlaubt sein.“

Es wurde probegeküsst und abgestimmt und schließlich hieß es:

„Berni und Adele dürfen sich auch während des Spiels küssen.“

„Wer foul spielt, bekommt eine Fahrkarte!“, verkündete alsdann der Schiedsrichter.

„Es will aber niemand verreisen!“, kam der einstimmige Protest aller weiblichen und männlichen Spieler.

„Mäuse dürfen an diesem Spiel nicht teilnehmen!“, hatte es danach geheißen und niemand hatte protestiert. Trotzdem konnte nicht verhindert werden, dass eine fliegende Maus unerlaubt am Spielgeschehen teilnahm.

Dann ging es um die Punkte.

„Gewonnen hat die Mannschaft, die bei Spielende die meisten Punkte hat!“, gab Alwis, der alle Spielregeln auswendig wusste, bekannt.

Auch hier war der Protest lautstark:

„Gewonnen hat der, der die wenigsten Punkte hat!“

„Wer keine Punkte hat, ist Gewinner!“

„Gewinner ist der, der am Schluss k. o. ist!“

„Gewinner ist der, der am Schluss okay ist!“

„Es gibt überhaupt keine Gewinner, es gibt nur Verlierer!“

„Verlierer ist der, der am Schluss gewonnen hat und gewonnen hat der, der verloren hat!“

Einer der besten Vorschläge kam von Friedelinde, der Schneiderin. Sie wollte eigentlich mit dem ganzen Durcheinander schon lange nichts mehr zu tun haben und lag, wie etliche Schildbürger meistens, krank im Bett. Hier hingegen mischte sie sich ein und schlug vor: „Gewonnen hat derjenige, der das schönste Trikot anhat!"

Aber auch sie konnte sich nicht durchsetzen. Schließlich wurden dem Schiedsrichter einfach die Augen verbunden und das Spiel konnte beginnen:

Es flogen die Fetzen, es flogen die Kohlköpfe, es flogen die Torten und noch so einiges mehr, was in einem ordentlichen Spiel nichts zu suchen hätte. Aber die guten, armen Schildbürger hatten den Überblick verloren ... vielleicht sogar den Verstand ...

Es ging drüber und drunter und am Ende mussten sogar die Sanitäter gerufen werden.

„Mein Dagolein hat ein verklebtes Äuglein!", weinte Kunigunde.

„Und wir", scholl es im Chor, „wir haben alle Muskelkater!"

Bis es zu diesem höchst schwierigen Wettbewerb kam, vergingen noch einige Tage. Denn Schildas Damen und Herren waren von den vorangegangenen Kämpfen derart strapaziert, dass die Olympiade kurzerhand unterbrochen werden musste.

Damit aber niemand aus der Übung kam, war für die freien Tage ein allgemeines Mäusezählen angesetzt worden. Den Anstoß dazu hatte Alwis gegeben. Ihm war aufgefallen, dass inzwischen weit mehr Mäuse in Schilda lebten als Menschen. Und was die Sache schlimm machte: Die Mäuse fraßen den Schildbürgern sozusagen die Wurst vom Brot. Und keiner wusste einen Rat ...

Doch zurück zu den olympischen Wettkämpfen: Der Höhepunkt der Spiele war gekommen. Nur die Besten der Allerbesten waren startberechtigt. Es wurde nicht nur um die Ehre gekämpft, es ging auch um den Gesamtsieg und um einen Platz im Olymp der Olympiakämpfer.

„Du süßeste, fetteste, dreckigste, stinkigste Sau aller säuischsten Säue!", tönte es durch Schilda.

„Grunzgrinsgrunzgrinsgrunz!", tönte es zurück und die Ohren der Sau wackelten vor Wonne.

„Du miese, eifersüchtige, kratzbürstige, krummbeinige Zimtzicke!", kam es aus Wiltrudes Mund.

„Du übel riechende, hängebrüstige, pickelige, eitle, verlogene, hinterfotzige, mit allen Wassern nicht gewaschene Schweinepriesterin!", krähte Mechthilde.

„Du Superultramegadoof-Hugo!", schrie Helmfried.

„Du doofer Megaultrasuper-Helmi!“, schrie Hugbert.

„Piepsziepziepizieppieps!“, piepste es unüberhörbar.

„Piepspippipiepspiep!“, piepste es zurück.

Ihr habt euch nicht verhört, verlesen oder verschaut! Es ging tatsächlich so unflätig zwischen den Schildbürgern zu. Es fand nämlich das olympische Wettfluchen statt. Ein Wettbewerb, für den nur sehr durchtrainierte Spitzensportler zugelassen waren. Und auch ein solcher, wo es überaus strenge Regeln zu beachten galt: Spucken, Kratzen und Treten war strengstens untersagt. Die einzige Körperberührung, die erlaubt war, war der dreifache Nasenstüber. Der Wettbewerb hätte noch ewig gedauert, wenn nicht irgendwann einigen Sportlern die Stimme versagt hätte.

So konnte dann endlich zur Siegerehrung gerufen werden. Doch bevor es zur Vergabe der Lorbeerblätter kam, wurde mit heiseren Stimmen noch einmal kräftig gestritten:

„Olympiasieger ist, wer alle Wettbewerbe nicht gewonnen hat!“

„Der Schlechteste wird zum Sieger und der Beste zum Verlierer erklärt!“

„Alle haben gewonnen und jeder hat verloren!“

„Jeder, der verloren hat, hat den schlechtesten Platz gewonnen!“

„Es gibt überhaupt keinen Olympiasieger!“

„Die Olympiade muss noch einmal wiederholt werden!“

So wurde stundenlang und tagelang diskutiert. Und es hätte noch Wochen gedauert, wenn nicht Säufried als Oberhaupt von Schilda ein heimliches Machtwort gesprochen hätte:

„Olympiasieger wird immer der stärkste, schönste und intelligenteste Teilnehmer!“, flüsterte er den Reportern zu. „Und da zum Schultheiß auch immer der Stärkste, der Schönste und der Intelligenteste gewählt wird ...“

„... heißt der Olympiasieger Säufried!“

Wie es zum Ende von Schilda kam

Die Olympiade war schon lange vorbei und es herrschte wieder Alltag in Schilda. Doch was für einer!

Die Männer lungerten nach wie vor herum. Entweder sie hielten sich in den Vergnügungsräumen des Rathauses auf. Oder sie saßen bei Humbert im Gasthaus und erzählten sich von ihren großen Taten. „Wir sind die Größten!“, lobten sie sich und: „Das waren närrisch schöne Zeiten!“, sagten sie eins ums andere Mal. Dabei klopften sie sich auf die Schenkel und riefen: „Humpi, noch einen Humpen!“

„Das waren närrisch schöne Zeiten!“, sagten auch die Schildbürgerinnen. Aber sie meinten die Zeiten, als ihre Männer noch nicht so närrisch und nicht so faul gewesen waren.

Eines Tages trafen sich alle weiblichen und männlichen Schildbürger im Rathaus um über ihre Lage zu diskutieren. Denn im Grunde stand es schlimm um Schilda und seine Bewohner. Die Häuser waren inzwischen mehr und mehr verkommen. Auf den Feldern und in den Gärten wuchs Unkraut statt Getreide und Gemüse. Und das, was noch in den Speichern an Vorräten lagerte, wurde nach und nach von den unzähligen Mäusen gefressen.

„Warum haben wir nur so viele Mäuschen?“, fragte ein Schildbürger den anderen.

„Die Mäuschen haben uns so lieb“, war die einzige Erklärung, die sie fanden.

„Und warum haben uns die Mäuschen so lieb?“, fragte ein ganz Neugieriger.

„Weil wir so viele Mäuschen haben, natürlich!“, antwortete ein ganz Schlauer.

So fragten sie und antworteten sie und kamen doch zu keinem Ergebnis.

Dann allerdings geschah etwas, was für Schilda schlimme Folgen haben sollte:

Ein Wanderer kam in die Stadt um die seltsamen Bewohner einmal persönlich kennen zu lernen.

„Was trägst du für ein merkwürdiges Tier auf dem Arm?“, fragte ihn Säufried, der Schultheiß.

Der Wanderer meinte, Säufried wolle einen Scherz mit ihm treiben und antwortete: „Dies ist ein Maushund. Er jagt Mäuse und frisst sie alle auf.“

„Genau so etwas brauchen wir!“, sagte Säufried begeistert. „Wie viel willst du dafür?“

„Hundert Goldtaler“, sagte der Wanderer zum Spaße. Denn erstens war sein Maushund eine ganz normale Katze und davon gab es überall – außer in Schilda –unzählige. Und zweitens war seine Katze schon uralt und taugte nicht mehr zum Mäusejagen.

„Ich nehme den Hund und leg noch mal zehn Taler drauf!“, sagte Säufried glücklich.

So ein Geschäft macht man nur einmal im Leben!, sagte sich

der Wanderer. Er nahm das Geld, ließ die Katze laufen und rief: „Heut ist er faul. Habt keine Sorgen!“ Dann machte er sich sogleich aus dem Staube.

„Leut’ isst er auf. Heute und morgen!“, schrie Othilde und sofort verbreitete sich die schreckliche Nachricht in ganz Schilda.

„Da hilft nur noch ein Fegefeuer!“, rief Pfarrer Justinianus in größter Sorge.

Und schon begann er zu zündeln. Und es dauerte nicht lang, da stand das ganze Haus von Humbert in Flammen.

Was tat der angebliche Maushund? Er nahm natürlich ängstlich Reißaus und flüchtete ins nächste Haus.

„Hilfe! Hilfe! Der Maushund will mich fressen!“, schrie Friedelinde entsetzt. So schnell sie konnte zündete sie einige ihrer feinen Stoffe an und rief: „Brennt! Brennt den Maushund aus meinem Haus!“

Dann rannte sie davon, denn nicht nur die Stoffe, sondern auch das ganze Haus brannte bald lichterloh.

„Hilfe! Hilfe!“, schrie auch Bäcker Dagomar. Er hatte gerade in aller Gemütlichkeit die Heizkraftdampfschweißwarmwasserversorgungsschwitzsaunateezubereitungsduschbadundföhnanlage in Anspruch genommen, als der Maushund im Rathaus auftauchte.

Natürlich kam ihm umgehend Säufried zu Hilfe. Schließlich fühlte sich der als Schultheiß von Schilda besonders verantwortlich für das Rathaus. „Das Rathaus muss verbrannt werden!“, stellte er entschieden fest. „Dann kann dieser Schweinehund äh ... dieser Maushund nämlich nicht mehr hinein!“

„Da wird er aber blöd schauen!“, sagte Justinianus und warf brennende Scheite in das schöne Schildbürgerrathaus.

Die Katze war natürlich längst wieder davon und auch die

Mäuse, die es sich hier besonders gemütlich gemacht hatten.

Hätten die Schildbürger die Sprache der Mäuse verstanden, so hätten sie eine höchst interessante Bemerkung erlauschen können:

„Die Katze ist nicht ganz richtig im Kopf!“, flüsterte eine Maus der anderen ins Ohr.

„Wieso?“, fragte die andere.

„Die sieht vor lauter Schildbürgern keine Mäuse mehr.“

„Ich glaube, die hat sich bei den Schildbürgern angesteckt!“, flüsterte die andere Maus und kicherte.

Dann waren sie in alle Himmelsrichtungen verschwunden, die Mäuse.

Inzwischen nämlich stand ganz Schilda in Flammen. Immer, wenn der angeblich so gefährliche Maushund sich vor dem Feuer in ein neues Haus flüchtete, wurde auch dieses von seinem Besitzer angezündet.

Ganz zuletzt züngelten sogar die Flammen hinauf bis zur Burg.

„Mir ist so wohlig warm!“, sagte Adelgunde und kuschelte sich an ihren Bernward.

„Adelchen, mein Adelchen, das macht die Liebe“, flüsterte der Burgvogt und streichelte die Witwe über die Wange.

„Berni, es ist so rot draußen!“, flüsterte Adelgunde verwundert.

„Adelchen, das ist der Sonnenuntergang!“, belehrte Bernward seine Freundin.

„Aber Berni, es ist doch erst Mittag!“, widersprach Adelgunde ganz leise.

„In Schilda geht eben die Sonne schon am Mittag unter!“, belehrte Berni sein Adelchen.

Doch dann sahen sie die Flammen am Fenster. Ein zweistimmiger Entsetzensschrei erscholl und schon ergriffen auch die beiden Verliebten die Flucht.

Die anderen Schildbürger hatten längst ihr geliebtes Städtchen verlassen. Mann und Schwein, Frau und Katze rannten aufs freie Feld und ließen den Rauch des brennenden Schilda hinter sich.

„Feurio! Feurio! Wo sind unsere Schweinchen, wo?", kreischte Wiltrude.

„Schrei nicht so! Sonst merkt der Sauhund ... äh ... der Maushund noch, dass wir abhauen", rief Säufried.

„Los! Wir setzen uns nach Britania ab!", rief Adalwin seiner verängstigten Mechthilde zu.

„Aber nur, wenn die wilde Trude da nicht auftaucht!", keuchte die frühere Schultheißin.

Einen anderen zog es wieder in den Orient: Humbert, den Wirt. Auch er rannte, was der Bauch hergab, um nicht nur den Flammen, sondern auch seiner ewig grantelnden Othilde zu entfliehen. Dem armen Dagomar war nichts als seine Schlafmütze und sein Höschen geblieben. Irgendwas müssen wir doch falsch gemacht haben!, überlegte er beim Laufen. Doch so sehr er und die anderen nachdachten – ihnen wollte nichts einfallen. Von Schilda blieb nur Ruß und Asche und die sind längst in alle Winde zerstreut.

Und die Schildbürger?

Sie leben seitdem in aller Welt verstreut. Vielleicht wohnt einer gleich nebenan bei dir?

Nachwort

Das Volksbuch „Die Schildbürger" (1598) ist weitestgehend auf das „Lalebuch" zurückzuführen, einer Sammlung von Schwänken über die Bewohner von Laleburg, einer kleinen Stadt in Utopia.

Die Schildbürger sind ein angeblich besonders begriffsstutziges Völkchen der sächsischen Gemeinde Schildau (Schilda), denen einige unglaubliche Narrenstreiche zugeschrieben werden. Der Verfasser ist unbekannt.

Die Schildbürger-Streiche entwickeln sich meist aus einem zunächst vernünftigen Gedankengang. Sich aufwerfende Fragen werden dann aber völlig absurd beantwortet. Dabei reagieren die Schildbürger mal naiv, mal spitzfindig oder borniert. Der Witz der Narreteien liegt u.a. darin, dass die nahe liegendste Lösung vermieden wird, stattdessen komplizierte Gedankengänge entwickelt werden, die wiederum mit einem närrischen Ergebnis enden. Die gedankliche Leistung steht völlig im Widerspruch zum Ergebnis.

Das Volksbuch „Die Schildbürger" lässt sich als Spottbuch auf das Städtebürgertum lesen. Lange Zeit war es so, dass die Aktionen der Städter, die Einfalt der Bürger und Magistraten keinesfalls erfunden waren. Sie wurden zum Bestandteil des Volkswitzes und von Generation zu Generation weitergetragen. Schließlich sammelte jemand die närrischen Geschichten und schrieb sie auf.

Die Schwänke der Schildbürger erzählen von der Dummheit der Menschen und davon, dass man, bevor man etwas tut, sich die Folgen seines Handelns überlegen sollte.

Dennoch geht das Gerücht um, dass die Schildbürger sich lediglich aus politischer Klugheit dem närrischen Treiben verschrieben haben, um so Narrenfreiheit zu erlangen.

Die drastische Situationskomik und der Widerspruch ihres Verhaltens zur Realität machen das vordergründige Vergnügen an den „Schildbürgern" aus.

Die Geschichte der Schildbürger gehört heute zu den Klassikern der Kinder- und Jugendliteratur. Die Legende um Schilda und seine Bürger hat sogar Einzug gehalten in den deutschen Wortschatz. Eine besonders widersprüchliche Aktion wird heute noch als Schildbürgerstreich bezeichnet.

Dirk Walbrecker wurde 1944 in Wuppertal geboren und lebt seit 1965 in München. Nach diversen Studien und verschiedenen Berufen, u.a. als Lehrer, ist er heute freier Autor und schreibt Hörspiele, Drehbücher und erzählende Literatur vom Bilderbuch bis zum Jugendroman. Ein weiterer Schwerpunkt seiner schriftstellerischen Tätigkeit ist die zeit- und kindgemäße Bearbeitung bzw. Neuerzählung von so genannten „Klassikern". Werke von Dirk Walbrecker sind vielfach mit Preisen ausgezeichnet worden und bisher in 14 Sprachen erschienen.

Doris Eisenburger, geb. 1966 im siebenbürgischen Mediasch, aufgewachsen im oberbayerischen Geretsried, absolvierte die FOS Gestaltung in München, studierte anschließend von Sommer 1985-1989 Kommunikations-Design an der FH und arbeitet seit Ende 1989 als freiberufliche Kinder- und Jugendbuchillustratorin für diverse Verlage im In- und Ausland. Ihre Illustrationen wurden mehrfach ausgezeichnet.

DER EXTRAKLASSE

ISBN 3-8112-2235-X

ISBN 3-8112-2237-6

ISBN 3-8112-2238-4

ISBN 3-8112-2236-8

Je 144 Seiten, durchgehend farbig illustriert, Format 17,3 x 23,9 cm

gondolino